Mysterium der Flut

Ozer MUMCU
Autoren informationen

Ozer Mumcu wurde 1980 in Tekirdağ geboren. Er schloss seine Grund- und Sekundarschulbildung an der Tekirdağ Anatolian High School und der Private Tekirdağ Science High School mit Stipendium ab.

Im Jahr 2003 absolvierte er sein Studium der Elektronischen Kommunikationstechnologie an der Trakya University. 2020 schloss er sein Studium an der Fakultät für Bildende Kunst der Namık Kemal University im Fach Malerei ab und erhielt im selben Jahr ein pädagogisches Ausbildungszertifikat von der Istanbul University. Im Jahr 2022 beendete er seinen Master-Abschluss an der Fakultät für Bildende Kunst der NKU.

Seit 2006 arbeitet er als Übersetzer, Schachlehrer und Kunstlehrer in verschiedenen Institutionen.

WARNUNG:

Die Charaktere und Ereignisse in diesem Buch sind vollständig fiktiv und haben absolut nichts mit realen Personen und Ereignissen zu tun.

Eingang
Vor etwa siebzigtausend Jahren...

Das gigantische Wesen in der zylindrischen Glas-Kammer, die mit Flüssigkeit gefüllt war, schloss die Augen, als würde es versuchen, in eine Art Trance zu gelangen, öffnete leicht die Arme und legte die Fingerspitzen zusammen. Nach einigen Sekunden erschien auf der Stirn des Wesens eine rote Form in Form eines Dreiecks, die Form wurde bald deutlich sichtbar.

Es war an der Zeit. Zu lange war er in diesem seltsamen Gefängnis, das von den Menschen erbaut worden war, wie ein Gesetzloser behandelt worden.

"Armseelig", dachte er, "sie glauben wirklich, sie könnten mich hier einsperren."

Er konzentrierte sich gründlich. Jetzt konnte er klar sehen.

Das Bild des riesigen Reaktors, etwa fünfzig Meilen entfernt, war in seinem Kopf, bis ins kleinste technische Detail. Alles war so lebendig, dass er es berühren konnte, wenn er seine Hand ausstreckte.

Was er brauchte, war einfach. Er scannte seinen Geist. Er fand das Kühlmittel des unter dem Wasserspiegel gebauten Atomreaktors. Er lächelte leicht vor sich hin. Es war ein eigenartiges Lächeln. Die Projekte der Kanäle, die die Kühlungspumpen mit der Anlage verbanden, waren auf dem unzugänglichen Boden der Insel inmitten des Ozeans mit der Vorstellung gebaut worden, dass kein externes Element eingreifen könnte. Für ihn war es ein Kinderspiel, dies zu tun.

Es ist 5:15 Uhr.

Eine der Kühlungspumpen stoppte ohne ersichtlichen Grund. Die Hitze, die der riesige Reaktor erzeugte, konnte das Kühlmittel nicht erreichen. Kurz darauf wurde das Backup-Kühlsystem aktiviert. Es dauerte jedoch nur wenige Sekunden, bis es deaktiviert wurde.

Während all dem geschah, funktionierten interessanterweise die Alarme nicht. Alle Anzeigen waren normal. Alles war in Ordnung für die technischen Verantwortlichen für die Sicherheit, die periodisch auf den Monitor blickten.

Die Situation wurde zu spät bemerkt. Als der Monitor signalisierte, dass der Kühler ausgegangen war, wie es sollte, bebte der ganze Ort bereits und bebte heftig...

*

Der alte Mann mit langen weißen Haaren und einem weißen Mantel, der seltsame Brillen trug, wandte sich an seine jüngeren Kollegen und sagte mit einem deprimierten Gesichtsausdruck:

"Es besteht kein Zweifel."

"Er hat es getan."

"Ist der Schutzraum nicht zum Einsatz gekommen?" sagte der Jüngste der anderen drei Männer im Raum. "Es funktioniert reibungslos", antwortete der weißhaarige Mann.

"Aber es funktioniert nicht."

Es war offensichtlich, dass er Schwierigkeiten hatte, aufzustehen, als er sprach. Er konnte vorhersagen, was passieren würde.

"Es war eine gemeinsame Entscheidung von uns allen, Professor. Wir haben uns so verhalten, wie wir es für richtig hielten", sagte die spärlich behaarte Blondine in den Fünfzigern.

Der alte Mann antwortete nicht. "Werden wir das Verfahren starten?" fragte der Jüngere. Er nahm seine eigene Stimme wahr, als wäre es die von jemand anderem. Er war am ganzen Körper taub.

Er konnte immer noch nicht glauben, dass dieser Tag wirklich gekommen sein könnte. Er hatte jegliches Gespür für die Realität verloren. Der Professor antwortete auf die Frage mit einer Gegenfrage: "Hat jemand andere Vorschläge?"

Es gab eine kurze Stille. Niemand antwortete. Das war sowieso keine echte Frage. Die spärlich behaarte blonde Ärztin fragte:

"Wem werden Sie die Aufgabe geben?" Der Professor gab vor, nachzudenken. Dann sagte er:

"Wie Sie wissen", sagte er, "gibt es drei Personen, die diese Aufgabe übernehmen können, Jakob, Pieter und..."

Bevor der Professor zu Ende sprechen konnte, begann die Erde erneut zu beben, diesmal mit größerer Intensität, und gleichzeitig wurde sie in vollkommene Dunkelheit getaucht.

PART-1

Washington DC,

November 2021

Colonel Armstrong hob schließlich den Kopf aus dem Buch, in dem er stundenlang versunken war. Er streckte seine Arme und Beine aus, die von der Bewegungslosigkeit gehalten wurden. Er rieb sich die Augen mit zwei Fingern. Seine Augen wurden rot, und die Bilder begannen sich zu gabeln. Er schaute auf seine Uhr.

20:18 Uhr...

Sie wird wieder sauer auf mich sein, weil ich zum Abendessen zu spät komme... Er legte einen der Stifte auf den Tisch in die Innentasche seiner Jacke und die anderen in den Stiftehalter. Als er sich darauf vorbereitete aufzustehen, klopfte es an der Tür. Es war David, der kam.

"Wenn Sie nichts von mir wollen, gehe ich, Herr Oberst..."

David Bruster war fast von Anfang an an der Seite des Colonels. Ein Mann, der sehr zuverlässig, reif und frei von allen Ambitionen war, war David immer als Leibwächter, Sekretär, Fahrer und manchmal sogar als Koch an der Seite des Colonels gewesen. Darüber hinaus hatte er mit seiner väterlichen Einstellung seinem jüngeren Chef nützliche Ratschläge gegeben und ihn in schwierigen Situationen unterstützt. In dieser Hinsicht ging die Beziehung zwischen ihnen über die Beziehung zwischen Arbeitgeber und Arbeitnehmer hinaus.

"Natürlich kannst du gehen, David."

Der Mann, in seinen Sechzigern, knöpfte seinen Mantel auf einer Seite zu.

"Es ist spät, Herr, überanstrengen Sie sich nicht", sagte er vage blinzelnd. "Ich gehe jetzt raus, David..."

Als David das aufrichtige Lächeln auf dem Gesicht des Colonels sah, drehte er sich leise um, schloss die Tür und verließ den Raum. Der Colonel bewegte sich leicht nach links mit seinem Drehstuhl und starrte einen Moment nachdenklich aus dem Fenster. Das Wetter hatte sich abgekühlt, und ein leichter Regen hatte begonnen.

Der junge Mann stand auf, legte eine Stütze zwischen die Bücher, an denen er arbeitete, und schloss sie. Er machte sich auf den Weg zum Bücherregal, das die gesamte rechte Wand seines Arbeitszimmers bedeckte. Er hielt einen Moment inne, als ob er nicht ganz sicher wäre, was er tun wollte. Dann zog er einen kleinen Schlüsselanhänger aus der rechten Tasche seiner Jacke. Etwas geneigt öffnete er mit einem Schlüssel eines der geschlossenen Augen am Boden der Bibliothek. Ihm gegenüber standen sorgfältig arrangierte Akten und ein kleiner, aber intakter Safe. Mit dem anderen Schlüssel an seinem Schlüsselanhänger öffnete er den Safe vorsichtig. Es befand sich kein Geld, Schmuck, Waffen oder Wertgegenstände im Safe. Stattdessen gab es ein dickes gebundenes Buch, das auf den ersten Blick ziemlich alt aussah. Langsam zog er das Buch aus dem Safe. Er öffnete den Deckel.

Alles ist da, wo es sein sollte...

Ein ziemlich entschlossener Mann schien der Colonel zu sein, aber er schien eher zögerlich darüber zu sein, was er an diesem Tag tun wollte. Schließlich sperrte er den Safe, dann den Schrank und ging zur Tür, schnappte sich seine Ledertasche vom Haken und platzierte das Buch, das er in der Hand hielt, sorgfältig.

Vielleicht ist eine solche Vorsicht unnötig, ich mache mir wahrscheinlich umsonst Sorgen...

Er hängte die Tasche über seine linke Schulter, nahm seinen Mantel in die andere Hand und verließ den Raum. Er ging die schmale Treppe hinunter in die große Halle mit hohen Decken, in der Tausende von Büchern untergebracht waren. Er warf gewohnheitsmäßig einen

Blick um sich und steuerte auf die Tür zu, um zu sehen, ob etwas fehlte. Er öffnete die Tür, die von außen verriegelt war, mit seinem eigenen Schlüssel von innen, ging nach draußen. Es war wirklich kalt. Er schloss schnell die Tür ab. Anstatt Zeit zu verschwenden, um seinen Mantel anzuziehen, rannte er zu seinem Citröen DS 21 von 1972, den er an seinem gewohnten Platz geparkt hatte - direkt gegenüber der Straße.

Er stieg in sein Auto, legte seinen Mantel auf den Rücksitz und seine Tasche auf den Beifahrersitz und startete den Motor seines Autos, den er trotz des Risikos, vom Verkehr ausgeschlossen zu werden, nicht aufgeben konnte. Er hörte den Benachrichtigungston seines Handys.

"Bist du zu spät?"

Er lächelte für sich und antwortete:

"Ich bin seit einer halben Stunde zu Hause."

Colonel Armstrong sich auf den Heimweg machte, bemerkte er nicht, dass ein Pick-up-Truck, der etwa fünfzig Fuß die Straße hinunter geparkt war, sich gleichzeitig mit ihm bewegte.

PART-2:

Internationales Institut für Allgemeine Gesundheit und Genomanalyse,

Washington, 1989

Dr. Nathan Coleman hatte wie üblich einen arbeitsreichen Tag gehabt und freute sich darauf, sein Büro bald zu verlassen und nach Hause zu gehen. Er hatte Jahre seinem Beruf gewidmet und begann müde zu werden. Er war froh, dass er in naher Zukunft – um genau zu sein, nach sieben Monaten – in den Ruhestand treten würde und die verbleibende Zeit im Leben genießen könnte.

Er drückte seine Zigarette aus und schloss die Taschenbuchakte vor sich. Er kratzte sich leicht am Kopf, wo nicht mehr viel Haar übrig war. Aus den Augenwinkeln lächelte er schwach, als er den Game Boy ansah, den er für seine Enkeltochter gekauft hatte, die in zwei Tagen acht Jahre alt werden würde, auf dem Tisch.

Wie weit die Technologie fortgeschritten ist. Die Kinder heute haben so viel Glück...

Das Spielgerät, entworfen von Gunpei Yokoi der japanischen Firma Nintendo, wurde ursprünglich durch Hinzufügen der Funktionen des NES-Spielsystems zu einem Game & Watch-Gerät erhalten, und das im selben Jahr veröffentlichte Gerät wurde weltweit ein voller Erfolg und erreichte Verkaufszahlen, die alle Erwartungen übertrafen. Kurz gesagt, sein Enkel würde das Spiel "Tetris" lieben.

Er stand auf, zog seinen weißen Kittel aus und ging zum Aufhänger. In diesem Moment erschrak er durch das Klingeln des Telefons. Dabei ging er zum dunkelgrünen Telefon auf dem Tisch und hielt den Hörer hoch.

Als Ergebnis wurden einige internationale Beschränkungen zu diesem Thema auferlegt. Der Rat, der hauptsächlich als eine Art Formalität weiterhin existierte, führte zu bestimmten Zeiten des Jahres routinemäßige Inspektionen durch, sowohl am Internationalen Institut für Allgemeine Gesundheit und Genomanalyse unter der Leitung von Dr. Coleman als auch in vielen anderen ähnlichen Einrichtungen in verschiedenen Ländern weltweit. Diesmal war jedoch klar, dass etwas Ungewöhnliches vorlag.

Dr. Nathan Coleman setzte sich grummelnd an seinen Schreibtisch, zündete eine Zigarette an und wartete auf seinen unerwarteten Besucher, während er nervös mit einem Kugelschreiber in der Hand spielte.

PART-3

Washington DC,

November 2021

Der mittelalte, rothaarige Mann mit dem schmutzigen Bart auf dem Fahrersitz zitterte vor Kälte. Er wandte sich nervös an seinen Freund, der neben ihm saß, und sagte:

"Worauf wartest du, schalte diese Heizung ein?"

Sein Freund starrte ihn an:

"Denkst du, ich habe es nicht versucht? Es funktioniert nicht, es ist kaputt..."

Der rothaarige Fahrer grunzte und betätigte die Scheibenwischer. Der Regen wurde stärker.

"Verdammt, schau dir das Auto an, das sie uns trotz aller Mittel gegeben haben!"

Sein Freund fühlte sich nicht verpflichtet zu antworten.

Was hast du erwartet? Glücklicherweise ist die Aufgabe, die sie uns gegeben haben, Kinderspiel. Dieser Bücherwurm wird nicht einmal merken, was mit ihm passiert ist. Armstrong, der zur gleichen Zeit etwa hundert Meter vor ihnen fuhr, bog etwa fünf Meilen nach Verlassen seines Arbeitsplatzes auf eine Seitenstraße ab. Als er den starken Regen bemerkte, verringerte er seine Geschwindigkeit ein wenig und schaltete seine Scheibenwischer ein, ebenso wie der Fahrer des Pick-up-Trucks, der ihm seit etwa fünfzehn Minuten folgte, ohne dass er es bemerkt hatte. Unmittelbar danach bog der Pick-up-Truck auf dieselbe Seitenstraße ab. Vor kurzem betrug die Anzahl der Autos zwischen den beiden Fahrzeugen etwa zehn, aber als er dies tat, verringerte sich diese Zahl auf zwei. Vor sechs Jahren eröffnete Colonel ein großes Buchgeschäft in Seattle namens Queen's Book Store. Das Queen's Book Store war auch ein Verlag und eine Druckerei. Im selben Jahr, mit besonderer Aufmerksamkeit darauf, dass es so ruhig und abgelegen wie möglich von seinem Arbeitsplatz war, kaufte er sein im Shed-Stil erbautes Haus in einem großen Garten in der Nähe der Stadt Ellicot City, neununddreißig Meilen von Washington, D.C., etwa zehn Meilen vom Stadtzentrum entfernt. Es gab eine Entfernung von dreißig Meilen zwischen seinem Arbeitsplatz und seinem Zuhause, und nach fünf Meilen dieser Strecke, die in der Stadt zurückgelegt worden war, setzte sie sich im Wald fort, der an einigen Stellen ziemlich verlassen und eng geworden war.

Der Transporter setzte seine Verfolgung fort, hielt dabei einen Abstand von mehreren Kilometern und bemühte sich, keine Aufmerksamkeit zu erregen. Der Fahrer machte eine Geste und hob leicht seine linke Hand:

"Hier, nach der scharfen Kreuzung hundert Meter voraus... Mach dich bereit."

Sein Freund legte kühl seine Hand auf die Springfield XDm 4.5"-Mordwaffe. Sobald sie die Kreuzung erreichten, erhöhte der Transporter seine Geschwindigkeit. Innerhalb von Sekunden realisierte der Colonel instinktiv, dass etwas nicht stimmte. Das Fahrzeug, von dem er nicht verstand, woher es kam, näherte sich plötzlich und setzte seine Nase fast gegen das Heck seines Autos.

Verdammt, ich habe nicht erwartet, dass es so früh ist.

Er versuchte, indem er seine Geschwindigkeit erhöhte, zu entkommen, aber das schien unwahrscheinlich. Die Scheinwerfer des Fahrzeugs hinter ihm blendeten ihn, und der starke Regen erschwerte es ihm, sich so zu bewegen, wie er wollte. Der Pickup schwang plötzlich nach links, erhöhte seine Geschwindigkeit noch weiter und tauchte im Handumdrehen auf der linken Fahrspur direkt neben dem Fahrzeug des Colonels auf. Der Attentäter auf dem rechten Sitz begann, das Fenster seiner Tür mit seiner rechten Hand zu öffnen. Als er gerade dabei war, die Waffe, die er in seiner linken Hand hielt, auf den Fahrer des neben ihm fahrenden Fahrzeugs zu richten, wurde er von der Stimme seines Freundes erschreckt:

"Senke die Waffe, etwas stimmt nicht!"

Sein Freund antwortete: "Wovon zum Teufel redest du?"

"Tu, was ich dir sage. Heute Nacht ging es schlafen", sagte er und überholte das Fahrzeug neben ihm, wechselte auf die rechte Fahrspur und setzte seinen Weg fort, als wäre nichts passiert.

Der Colonel taumelte auf der rutschigen Straße und riss plötzlich das Lenkrad nach rechts, um die Bremsen stark zu betätigen und einen Zusammenstoß mit dem Fahrzeug vor ihm zu vermeiden.

Das Fahrzeug rutschte um seine Achse und drehte sich um 360 Grad. Seine rechte Seite hob sich leicht an, als ob er einen Überschlag machen würde. Doch das tat er nicht. Schließlich blieb er stehen.

Offensichtlich gab es weder am Fahrzeug noch am Colonel Schaden. Der junge Mann holte tief Luft. Er lenkte sein Auto an den Straßenrand, um kurz innezuhalten und sich zu erholen. Trotz des anhaltenden Regens stieg er aus dem Fahrzeug aus und brauchte frische Luft. Vom Pick-up-Truck war keine Spur zu sehen.

Vielleicht hat es nichts mit mir zu tun, es ist nur ein betrunkener Landstreicher... Ein paar Sekunden später hörte er die Sirene eines Krankenwagens, der aus entgegengesetzter Richtung näherkam. Kurz darauf fuhr der Krankenwagen mit voller Geschwindigkeit am Colonel vorbei.

Zwei Minuten zuvor hatte der rothaarige Fahrer die Operation für heute Nacht auf der verlassenen Straße abgebrochen, wo der Regen seine Sicht versperrte, in der Annahme, dass das Überlicht des Krankenwagens, das er vage bemerkt hatte, zu einem Polizeifahrzeug gehören könnte.

Fünf Minuten später machte sich Colonel Armstrong zum zweiten Mal an diesem Abend auf den Weg, um sein Zuhause, das zehn Minuten entfernt lag, zu erreichen.

PART-4:

1967...

"Wie sollen wir zum Mond gelangen, wenn wir nicht zwischen diesen drei Gebäuden dort kommunizieren können?"

In den dunkelsten Tagen des Kalten Krieges, als das Datum Januar 1967 anzeigte, hatte die UdSSR der Welt bewiesen, dass sie den Vereinigten Staaten im Wettlauf ins All weit voraus war, und setzte dies mit ihren neuen Experimenten fort.

Diese Situation war natürlich für die US-Regierung inakzeptabel. Drei Jahre vor dem Ende der zehnjährigen Frist von Präsident Kennedy für die Mondlandung lag die NASA immer noch weit hinter dem Zeitplan. Ein Team von etwa vierhunderttausend Menschen versuchte, die massive Saturn-5-Rakete vorzubereiten, die drei Astronauten zum Mond bringen sollte und die noch nie zuvor gesehen worden war.

Ort: die amerikanische Weltraumbasis Cape Canaveral in Florida...

Die Arbeit und Tests liefen Tag und Nacht ununterbrochen sieben Tage die Woche. Das Kommando- und Servicemodul, die wichtigsten Teile des Programms, sowie das Lunar Module, das die Astronauten auf der Mondoberfläche landen würde, die vielleicht schwierigste Aufgabe, wurden endlosen Tests mit großer Eile unterzogen.

Der Kommandant der Mission war Virgil 'Gus' Grissam, ein hoch erfahrener Mitarbeiter, der bereits an Weltraummissionen teilgenommen hatte. Er sollte diesen Testflug durchführen, der für den 27. Januar 1967 geplant war, zusammen mit seinen Kollegen Edward White und Roger Chaffe. Der Hauptzweck des geplanten Fluges war die Vorbereitung von Apollo-1 für den Start, der am 21. Februar 1967 stattfinden sollte.

'Gus' war jedoch nicht sehr beruhigt. Die Vorbereitungen für eine so wichtige Aufgabe waren ihm zu laut. Als Gus und sein Team das Raumschiff zum ersten Mal inspizierten, geriet er in Panik; Überall waren verkohlte Kabel, Kabel hingen von überall herab... Und er war nicht der Einzige, der so dachte. John Young, ein enger Freund und geschätzter Mitarbeiter der NASA, teilte die gleiche Sorge und warnte Gus Tage vor dem Start. Gus antwortete hilflos auf Johns Warnung:

"Ich weiß, aber wenn ich den Leuten sage, dass sie mich nach diesem Moment nur noch feuern werden", sagte er.

*

26 Januar 1967...

04:17 Uhr

Zwei Schatten glitten leise unter der Startplattform hindurch. Einer der Männer trug einen kleinen Rucksack. Der andere schaute zum massiven Saturn 1B-Raketen und der daran befestigten Apollo-1-Kapsel hinauf.

"Bist du bereit?" flüsterte er.

Anstatt zu antworten, bewegte sein Freund seinen Kopf vage. Danach begann er, in die riesige Kapsel zu klettern, um das Kommandomodul zu erreichen. Die "Aufgabe", deren jedes Detail im Voraus ausgearbeitet worden war, war vor Ablauf von einer halben Stunde abgeschlossen...

Das Kommandomodul sollte vollständig mit eigenen Mitteln getestet werden; es würde seine eigene Elektrizität, sein eigenes Treibstoff und seinen eigenen Sauerstoff verwenden. Diese Prüfung, die vollständig unabhängig vom Kontrollzentrum durchgeführt werden würde, wurde als "drahtlos" bezeichnet. Die Astronauten würden in einer Kabine eingeschlossen sein, die mit unter Druck stehendem reinem Sauerstoff gefüllt war.

27 Januar 1967...

23:30:54 Uhr.

Nach Stunden von Tests ging die Kommunikation mit einem Zwischenmodul vollständig verloren. Er sagte über das Radio: "Wie sollen wir zum Mond gelangen, wenn wir nicht einmal zwischen drei Gebäuden dort drüben kommunizieren können?"

Eine Ankündigung wurde gehört. Während die Astronauten darauf warteten, dass die Funkkommunikation wieder auftauchte, sprühten Funken von einem freiliegenden Kabel unter Gus und fingen aufgrund des unter Druck stehenden Sauerstoffs schnell Feuer. Unmittelbar danach gab es eine sehr heftige Explosion...

Menschen, die eilten, um zu helfen, wurden von der Wucht der Explosion zurückgeworfen, während andere sich dem Modul aufgrund von giftigen Gasen und hohen Temperaturen nicht nähern konnten. Nach einem langen Kampf konnte die sperrige Abdeckung des Moduls geöffnet werden, aber die Aufgabe war erledigt und das Team war bereits verloren. Die Crewmitglieder Virgil 'Gus' Grissom, Ed White und Roger Chaffee wurden vom US-Regierung als Märtyrer geehrt, und es fand eine offizielle Zeremonie statt.

PART-5

Washington DC,

November 2021

Colonel Armstrong stand kurz darauf vor seinem Haus - dieses Mal ohne Probleme. Selina, die das Gefühl hatte, dass etwas nicht stimmte, begrüßte ihren Mann, indem sie in den Garten ging, noch bevor es an der Tür klopfte. Der Colonel umarmte seine Frau leicht und küsste sie.

"Ich habe angefangen, mir Sorgen um dich zu machen. Ist alles in Ordnung?"

Colonel sah müde und nachdenklich aus.

"Nichts Wichtiges, Liebling, mach dir keine Sorgen. Lass uns bitte reingehen, und wir werden in einem Moment reden."

Die alte Ledertasche, die über der Schulter ihres Mannes hing, entging nicht Selinas Aufmerksamkeit. Einmal drinnen, eilte der Colonel sofort ins Badezimmer und sagte, dass er eine Dusche nehmen müsse, ohne die Tasche von der Schulter zu nehmen. Fünfzehn Minuten später war die Kopfschmerz, die ihn seit einiger Zeit geplagt hatte, nachgelassen, und er fühlte sich etwas erleichtert. Er saß in der Küche mit seiner Kaffeetasse in der Hand und sprach mit seiner Frau.

"Ich hatte einen kleinen Autounfall, aber nichts Ernsthaftes."

Selina sagte verwirrt: "Unfall? Warum hast du das nicht früher gesagt? Wir müssen sofort ins Krankenhaus", sagte sie.

Mit so ruhigem und beruhigendem Gesichtsausdruck und Verhalten wie möglich sagte der Colonel:

"Schatz, das ist wirklich nicht notwendig. Mir geht es gut."

"Kannst du mir genau sagen, was passiert ist?"

Selina, deren Gesicht gelb war, sah ihren Mann mit besorgten Augen und einem Wasserglas in der Hand an.

"Natürlich. Ein paar betrunkene Penner haben mich plötzlich belästigt. Sie haben sich auf ihre eigene Weise amüsiert und sind weggegangen. Das war der Moment, als ich plötzlich bremste und ein wenig auf der Straße rutschte. Das ist alles. Ich habe keine Teile meines Körpers getroffen, und es gibt keine Schäden am Auto."

Selina trank das Wasser in ihrem Glas aus und stellte es auf den Tisch. Sie umarmte ihren Mann.

"Bist du sicher, dass das alles ist?"

Colonel konnte eine Weile nicht antworten. Dann, seinen Blick abwendend, konnte er vage sagen:

"Sicher."

Ich hoffe, das ist wirklich alles...

Selina war unruhig, obwohl sie ruhig war. Sie hatte ihren Mann geheiratet und wusste, wer er war. Er war sich bewusst, dass er vor gewissen Dingen in seiner Vergangenheit Angst hatte oder dass es Dinge gab, die nicht geändert werden konnten. Er vertiefte das Thema nicht. Sie verbrachten diesen Abend etwas ruhiger als üblich, aber beiläufig. Als sie mitten in der Nacht in ihr Schlafzimmer gingen, sorgten die Worte des Colonels dafür, dass Selina bis zum Morgen nicht schlafen konnte.

"Selina... der Unfall heute Nacht... er könnte nicht so einfach sein, wie es scheint. Wenn mir in den kommenden Tagen etwas passiert, findest du die Antworten im Buch in meiner Ledertasche..."

PART-6

Florida,

Mai 1969

Eine sehr private Besprechung fand im Haus des Präsidenten der NASA Flight Executives statt:

"Wie ich sagte, Neil, der Start wird wie geplant am 16. Juli stattfinden, aber einige Details werden leicht von dem abweichen, was der Presse mitgeteilt wird. Du kennst bereits diese Dinge. Ich lade dich heute Abend ein, weil ich dir und Michael und Edwin eine seltsam klingende Bitte stellen werde..."

Der erste Mann, der einen Fuß auf den Mond setzte, Neil Armstrong, der Kommandant von Apollo 11, wusste, dass es, obwohl er nicht wusste, worum es bei dieser Bitte ging, eher eine Anweisung als eine Bitte sein würde.

"Kannst du konkreter sein, Sir?"

"Natürlich. Bevor die eigentliche Reise stattfindet, werden wir eine Simulation der Mondlandung in einem Studio aufnehmen, das wir im Voraus arrangiert haben und der Presse auf der Rückreise präsentieren werden."

Armstrong sah verwirrt aus.

"Ich verstehe das nicht ganz, Sir. Sagen Sie, dass wir tatsächlich zum Mond fliegen werden, aber trotzdem gefälschte Bilder machen?"

Tatsächlich war die Reaktion des Astronauten nicht so heftig, wie der Präsident erwartet hatte.

"Ja, du hast es sicher richtig verstanden, Neil, aber nennen wir es nicht gefälscht, wenn es dir lieber ist."

Armstrong ließ das Glas in seiner Hand auf den Tisch fallen und lockerte leicht seinen Kragen:

"Warum machen wir das, Sir?"

"Der Grund ist einfach", sagte der Präsident. "Wenn das, was wir auf dem Mond zu finden hoffen, wirklich da ist, möchten wir, dass die Leute denken, dass diese Reise nicht real ist." Diese Aussagen waren für Neil nicht einmal ansatzweise eine Erklärung. Hat er in letzter Zeit zu viel getrunken...

"Verzeihen Sie, Sir, aber..."

Der Präsident fuhr fort, ohne dem Astronauten zu gestatten, seine Rede zu beenden:

"Wenn du dich fragst, wie die Leute denken sollen, dass eine solche Reise nicht stattgefunden hat, wenn ihr tatsächlich zum Mond fliegt und künstliche Bilder gemacht wurden, ist die Antwort einfach. Aufnahmen der tatsächlichen Reise werden nicht an die Presse durchsickern, während Studioaufnahmen die amerikanische Flagge zeigen werden, die auf der Mondoberfläche im Wind weht."

Jetzt ergab alles Sinn im Kopf von Neil. Mit der Aufregung des Ereignisses würde der Öffentlichkeit entgehen, dass es unmöglich war, dass eine Flagge auf der Mondoberfläche wehte - der Mond hat keine Atmosphäre -, aber nach einer Weile würde dieses Detail anfangen, Sinn zu ergeben.

"Aber was ist, wenn wir falsch liegen über das, was wir denken, dass auf dem Mond ist, was werden wir dann tun, Sir?"

Der Präsident schaute Neil mit einem ausdruckslosen Gesicht an:

"Einfach, dann veröffentlichen wir die tatsächlichen Aufnahmen..."

Das war eine Antwort, auf die der Astronaut mehr oder weniger gewartet hatte. Aber das gefiel ihm alles nicht.

"Natürlich, Sir."

PART-7

1989

Der schwarze Limousinenwagen, in dem sich Odd Maureen befand, hielt genau eine Stunde nach dem Telefonat vor dem Institut für Genomanalyse an. Allerdings stieg nur Maureens privater Fahrer aus.

Der Fahrer begab sich zum Haupttor des großen Gebäudes, das in den Sechzigerjahren erbaut worden war. Der mittelalte Sicherheitsbeamte, der mit der Überwachung betraut war, war von Dr. Coleman über den ungewöhnlichen Besuch informiert worden. Doch der Wachmann war verwirrt festzustellen, dass der Fahrer, der sich mit schnellen Schritten auf ihn zubewegte, allein war:

"Hallo, ich nehme an, Sie sind Sir Maureens Chauffeur?"

Der Fahrer nickte gleichgültig.

"In Ordnung, Dr. Coleman wartet auf Sir Maureen in seinem Büro."

Der Fahrer, mit einem arroganten Grinsen im Gesicht, starrte den Sicherheitsbeamten an und sagte:

"Nein."

"Das Treffen wird nicht hier stattfinden. Sir Maureen wartet auf Dr. Coleman in seinem Auto."

Der Wachmann, überrascht und müde, sagte:

"Aber wie..."

Aber Maureens Fahrer drehte sich ohne darauf zu warten, dass der Wachmann seinen Satz beendete, ruhig um und fuhr zu der Limousine, die fünfzig Meter entfernt geparkt war.

PART-8

Washington DC,
November 2021
Colonel Armstrongs unersättliche Neugier hatte den jungen Mann in den letzten Jahren geradezu besessen gemacht von den Originalmanuskripten zu Themen, die ihn interessierten. Dieses Mal

strebte er nach einigen zusätzlichen Manuskripten, die nicht in der bekannten Version von "The New Atlantis" zu finden waren, verfasst von Francis Bacon im Jahr 1626. Sein langjähriger Kontakt hatte ihm mehr oder weniger Vertrauen geschenkt. Es schien eine Möglichkeit zu bestehen, dass die Manuskripte, von denen er behauptete, sie zu besitzen, echt waren.

Colonel Armstrong war bereit, sich persönlich mit seinem Kontakt in Georgetown zu treffen und dafür eine Flugreise von etwa 1400 Meilen auf sich zu nehmen. Um 6:30 Uhr packte Ronald Reagan hastig sein Frühstück, um seinen Flug vom Washington National Airport zu erwischen, und verließ sein Zuhause gegen 3:50 Uhr. Anstatt in sein Privatauto zu steigen, rief er ein Taxi, und zehn Minuten später stand er vor der Taxitür. Ungefähr zehn Kilometer später begann das Auto leicht zu vibrieren. Der Colonel, der im Rücksitz eingeschlafen war, schreckte auf.

"Was ist los?"

Der Taxifahrer nahm seinen Hut ab, legte ihn auf den Beifahrersitz, drehte sich um und sagte mit einem kalten Ausdruck:

"Ich hoffe, Sie haben eine extra halbe Stunde, Sir. Ich denke, ich muss den Reifen wechseln."

"Ich fürchte, ich muss Sie bitten, aus dem Auto zu steigen und draußen zu warten, während ich das mache."

Colonel öffnete die Autotür verzweifelt und hoffte, den Flug nicht zu verpassen. Er war noch nicht ausgestiegen, aber die Gesichtsausdruck des Taxifahrers ließ intuitiv den Eindruck entstehen, dass etwas mit ihm nicht stimmte. Gleichzeitig versuchte er, die geöffnete Tür zu schließen, aber es war zu spät. In einer geschickten Bewegung griff der "Fahrer" mit seiner linken Hand fest nach der hinteren Tür des Autos, verhinderte, dass sie sich schloss, während er gleichzeitig seine rechte Hand herauszog, die er in seiner Jackentasche versteckt hatte.

Das Letzte, was der Colonel in dieser Welt sah, solange er noch voll bewusst war, wäre die dünne Spritze, die der trüb aussehende Taxifahrer offensichtlich im Voraus vorbereitet hatte, und die farblose Flüssigkeit darin. Er spürte einen scharfen Schmerz in seiner rechten Schulter. Innerhalb von Sekunden begann seine Atmung kürzer zu werden, seine Augen dunkelten sich, und seine Brust begann sich zu verengen. Ihm wurde schwindelig, und er schwitzte. Seine Reise in dieser Welt war kürzer gewesen, als er verdient hatte. Etwa fünfzehn Minuten später schaffte es der Taxifahrer, der eilig versuchte, seinen Passagier, der einen unerwarteten Herzinfarkt erlitten hatte, ins Krankenhaus zu bringen, leider trotz aller Bemühungen nicht, sein Leben zu retten.

PART-9

Washington DC,

Dezember 2021

Selina Dale Armstrong war eine starke Frau. Fast einen Monat war vergangen, seit der verdächtigen Todesfälle ihres Mannes. Die Todesursache wurde als Herzinfarkt festgehalten, und nach routinemäßigen Untersuchungen und Verfahren wurde der junge Mann still beerdigt, und für alle kehrte das Leben wieder zur Normalität zurück.

Aber Selina glaubte, dass die Realität anders aussah. Nach seinem Tod informierte sie die Polizei über seine unruhigen Haltungen und Verdächtigungen vor dem Tod seiner Frau und bestand darauf, dass der Vorfall untersucht werde. Jedes Mal wurde ihr Anliegen von der Polizei übergangen. Für Selina, eine vorsichtige Person, dauerte es nicht lange, um zu erkennen, dass normale rechtliche Prozesse keine Ergebnisse bringen würden.

An jenem Tag erschrak Selina, als sie langsam die Hoffnung verlor, dass der Vorfall ans Licht kommen könnte.

"Oh mein Gott, wie dumm ich bin... Die ganze Zeit, in der der Colonel sagte, die Nacht seines Autounfalls, war komplett aus ihrem Kopf verschwunden."

PART-10

Washington DC,

1989

Dr. Coleman führte mit Sir Maureen eine interessante Unterhaltung in der Limousine im West Potomac National Park außerhalb der Stadt.

"Was bedeutet das alles, Odd? Warum hast du mich hierher gehetzt?" Maureen grinste teuflisch mit ihrem breiten Mund und würdigte Colemans Frage keiner Antwort.

"Wie lange arbeiten wir bereits zusammen, Nathan?" Coleman schaute verdutzt und stammelte:

"Jahrelang."

"Hast du dich jemals gefragt, warum?" Coleman schien die Frage nicht ganz zu verstehen. "Warum? Sprechen wir von einem besonderen Grund? Ich bin ein Spezialist für Molekularbiologie und Genetik, meine erfolgreiche Arbeit und Kompetenz in diesem Bereich sind offensichtlich. Das Institut für Genomanalyse brauchte jemanden wie mich, der die Verantwortung übernehmen konnte. Ich habe mich um den Job beworben und..."

Maureen unterbrach mit einem Lachen. "So funktioniert das nicht, Mann. Es ist wahr, dass wir jemanden wie dich brauchen, aber nicht aus den Gründen, die du denkst. Jeder Wissenschaftler handhabt den technischen Aspekt der Arbeit mehr oder weniger auf die gleiche Weise. Das ist nicht das, was wir brauchten."

Coleman schaute so, als würde er sagen wollen: "Was war es dann?" Aber er sagte nichts. Maureen fuhr fort. "Erinnerst du dich an deinen Artikel, der in den 70ern im Economist veröffentlicht wurde?" "Ja, natürlich. Aber dort habe ich nur eine soziologische Beobachtung gemacht. Es hatte keinen direkten Bezug zu meiner Expertise."

"Haha. Genau darum geht es. Du bist ein kompletter Konservativer in Bezug auf das System und die Ordnung. Dir fehlt die Kreativität, alles außer dem, was du mit eigenen Augen siehst und was dir die Älteren als Bedrohung für das System und Unsinn beigebracht haben, wahrzunehmen und es als Unsinn zu bezeichnen, mein Freund. Diese Eigenschaft war sofort erkennbar an dem, was du im Economist geschrieben hast. Du hast darüber gesprochen, wie die 'Pöbel', wie du sie nennst, die sich mit alternativer Medizin, Raumfahrt und Verschwörungstheorien befassen, ein Gift für die soziale Ordnung und wissenschaftliche Vernunft sind. Das ist es, was wir brauchten. Deine Engstirnigkeit und deine Verpflichtung zum System."

"Wie hat diese Eigenschaft von mir für euch funktioniert?" "Ganz einfach, wir können dich leicht manipulieren. Du hast die Dinge so gemacht, wie du es solltest, ohne Angst davor zu haben, misstrauisch gegenüber bestimmten Dingen zu sein, die aus deinem Mund kommen, oder versucht, bestimmte Situationen auszunutzen."

"Was hat sich diesmal geändert?"

"Was sich diesmal geändert hat, ist dies: Ohne mehr oder weniger über den Hintergrund des Projekts Bescheid zu wissen, kannst du das Geschäft nicht leiten. Jetzt öffne deine Ohren und höre genau zu, was ich zu sagen habe, Nathan."

Maureen sprach eine ziemliche Zeit lang. Vieles von dem, was er sagte, widersprach dem gesamten Wissen und den Überzeugungen von Dr. Coleman. Coleman sagte:

"Es wird eine Weile dauern, bis ich verstehe, was du sagst, Odd, und es an die richtige Stelle setze. Wenn das, was du sagst, wahr ist, dann lebt die ganze Menschheit in einer Art Prahlerei. Es übersteigt meine Vorstellungskraft zu verstehen, warum das notwendig ist und wie es erreicht wird. Ich bin mir nicht sicher, ob ich das wissen will."

"Du musst nur so viel wissen, mein Freund. Ich bin nicht befugt, zu viel zu erklären, und selbst wenn ich es könnte, glaube ich nicht, dass er es in diesem Stadium glauben würde. Selbst ein intelligenter Mann wie du muss einige Stufen durchlaufen, um damit umgehen zu können. Das ist sowieso nicht der Punkt. Was sagst du zu dem, was ich von dir will?"

"Es nervt mich, Odd, dass du so tust, als hätte ich eine Wahl, außer deinem Wunsch nachzugeben... Wie du dir vorstellen kannst, werden die Mitarbeiter des Instituts nicht gerne sehen, dass die Arbeitsbereiche in gewisser Weise besetzt sind. Trotzdem stehen Ihnen alle physischen Einrichtungen des Instituts für Studien an dem von Ihnen festgelegten Datum zur Verfügung. Andererseits, obwohl ich von der Wahrheit von vielem, was Sie heute Abend sagen, nicht ganz überzeugt bin, ist das Experiment, von dem Sie sprechen, für einen Mann wie mich, der vierzig Jahre seines Lebens der wissenschaftlichen Arbeit gewidmet hat, äußerst aufregend."

Odd Maureen begnügte sich damit, zu grinsen. Er gab dem Fahrer der Limousine, der seit etwa einer Stunde auf dem Fahrersitz mit schalldichtem Glas getrennt gewartet hatte, ein Zeichen zu fahren...

PART-11
Washington DC,
Dezember 2021

Selina war erstaunt, wie sie all die Zeit vergessen hatte, was ihr Mann über das Buch und die Tasche gesagt hatte, die er in der Nacht des Autounfalls mit nach Hause gebracht hatte. Sie senkte vorsichtig ein Ölgemälde von der Wand ihres Wohnzimmers. Als sie das Gemälde, eine hochwertige Reproduktion des britischen Malers George Stubbs, von der Wand nahm, erschien in der Wand ein eingelassener Stahlsafe, der dahinter versteckt war. Sie öffnete den Safe, indem sie ihr Passwort eingab. Sie holte die Ledermappe heraus, öffnete sie vorsichtig und war überrascht, das alte Buch zu sehen.

"Die Bibel? Ist das ein Scherz?"

Selina hatte keine Ahnung, wie sie eine Antwort auf das finden sollte, was in diesem Buch passiert war, das auf den ersten Blick wie eine gewöhnliche Bibel aussah. Sie blätterte langsam und sorgfältig Seite für Seite um. Ein paar Sekunden später wurde die Wahrheit enthüllt: Die Mitte des Buches war ausgeschnitten, um eine quadratische Kammer zu bilden. Eine Zeitungsseite von vor etwa drei Jahren war darin gefaltet.

The Washington Post, 12. Januar 2019...

Selina öffnete die mehrmals gefaltete Zeitungsseite, die zu einem Quadrat von etwa 10 x 10 cm geworden war. Eine bestimmte Geschichte war mit einem roten Kugelschreiber umrandet, und die Überschrift derselben Geschichte war mit gelbem Textmarker durchgestrichen:

"Der Dozent Simon Blake und der suspendierte Major Boris Pavlov haben den Fall der 'Spontanen menschlichen Selbstentzündung' gelöst und Licht in die mysteriösen Todesfälle gebracht. Boris Pavlov wurde wieder eingesetzt, Prof. Dr. Simon Blake wurde von der Akademischen Leitung der Universität Washington mit dem Leistungspreis ausgezeichnet."

Und in der oberen linken Ecke der Geschichte, mit einem roten Kugelschreiber umrahmt, stand 'Frag David' in Colons offensichtlicher Handschrift.

Selina setzte sich mit der Zeitungsseite in der Hand auf einen der Stühle im Wohnzimmer. Sie atmete tief durch. Ihr nachdenklicher Blick verharrte eine Weile im Garten. Sie hoffte, dass sie verständlichere Antworten finden würde.

Sie hatte keine Ahnung, wer Simon Blake oder Boris Pavlov war. Was das Phänomen der spontanen Selbstentzündung anging, erinnerte sie sich vage daran, während ihres Studiums eine Dokumentation gesehen zu haben. Aber sie hatte keine Vorstellung davon, welche Verbindung das zu dem haben könnte, was passiert war. Der Ausdruck, der für sie am verständlichsten schien, war "Frag David", den Colonel in seiner eigenen Handschrift geschrieben hatte. David war ein gewöhnlicher Name, und Colonel kannte wahrscheinlich viele Menschen mit diesem Namen. Allerdings hatte Colonel keinen Nachnamen angegeben, und er hatte wahrscheinlich seiner Frau eine Notiz hinterlassen, weil er dachte, dass bereits klar sein würde, wen er meinte: David Bruster. Selina sammelte ihre Gedanken und versuchte zu entscheiden, was sie tun sollte.

"Wenn von David etwas zu lernen ist, warum ist er nach all der Zeit, die seit Colons Tod vergangen ist, nicht von selbst gekommen und hat es mir erzählt?"

David war Selina gegenüber mehr ein enger Freund als gegenüber Colonel, und er war durch Colons Tod schwer erschüttert. Aber er hatte Selina keine Erklärung gegeben.

"Vielleicht muss er aus irgendeinem Grund, den ich jetzt nicht kenne, darauf warten, dass ich frage. Oder er hat es einfach vergessen, so wie ich..."

Selina stand auf. Sie tastete die Taschen ihrer Hose ab.

"Mein Handy..."

Sie schaute sich um und sah das Handy, das sie auf dem großen Tisch im Wohnzimmer liegen gelassen hatte. Ohne das Zeitungsblatt loszulassen, ging sie darauf zu und nahm ihr Handy auf. Sie suchte nach Davids Nummer. Nach einer Pause gab sie die Suche auf. Sie steckte das Handy in ihre Tasche und machte sich auf den Weg zum Schlafzimmer, wo sie ihren Laptop zurückgelassen hatte.

PART-12

Washington DC,

Dezember 2021

Boris Pavlov's Handy klingelte, als er gerade auf dem Weg zum Mittagessen war. Der Anrufer war nicht im Telefonbuch registriert. Wie üblich entschied er sich, nicht abzuheben. Kurz darauf rief dieselbe Nummer erneut an. Was für eine Hartnäckigkeit. Dieses Mal war er widerwillig hungrig.

"Hallo?" Keine Antwort... Gerade als Boris auflegen wollte, begann eine junge Frau mit leicht zitternder Stimme zu sprechen: "Spreche ich mit Major Pavlov?" Boris, signalisierte seiner Sekretärin, dass er zum Mittagessen draußen sei, antwortete der besorgten Frau am Telefon:

"Ja, das bin ich. Wer sind Sie?"

Selina war sich nicht sicher, wie sie sich genau ausdrücken sollte, um ernst genommen zu werden. Also versuchte sie, ihre Worte sorgfältig zu wählen:

"Herr Pavlov, ich bin die Frau von Colonel Armstrong, der vor etwa einem Monat gestorben ist. Ich weiß nicht, ob Sie von dem Vorfall erfahren haben. Und nun... Wer Colonel ist..."

Boris antwortete, nachdem er einige Sekunden nachgedacht hatte:

"Nein, ehrlich gesagt glaube ich nicht."

Die junge Frau zögerte angesichts des klaren und knappen Gesprächs des Polizisten:

"Schauen Sie, ich muss mich mit Ihnen treffen. Ich denke, mein Mann wurde ermordet."

Boris war verwirrt.

"Schauen Sie, Frau, es tut mir wirklich leid um Ihren Verlust, aber ich bin nicht die Person, die Sie in einer solchen Situation kontaktieren sollten. Ich verstehe auch nicht, warum Sie ein Monat nach dem Tod Ihres Mannes dieses Gespräch führen."

Selina fuhr seufzend fort:

"Herr Pavlov, ich verstehe Ihre Reaktion auf diese Weise. Aber am Tag des Vorfalls wurde es der Polizei protokollarisch gemeldet und bereits untersucht. Die Todesursache wurde als Herzinfarkt aufgezeichnet, und der Fall wurde geschlossen."

Die junge Frau machte einen ziemlich aufrichtigen und beharrlichen Eindruck.

"Ich verstehe. Warum rufen Sie dann ausgerechnet mich an? Und was meinten Sie damit, dass Sie wissen, wer mein Mann war?"

Boris warf einen Blick auf seine Uhr.

"Ich kann es nicht am Telefon erklären. Aber glauben Sie mir, ich habe gute Gründe. Es gibt auch Dinge, die Sie persönlich sehen müssen, Sie werden es besser verstehen, wenn Sie sie sehen. Wenn möglich, können wir uns heute Abend persönlich treffen?"

Boris hielt einen Moment inne. Der Vorfall reizte ihn.

"In Ordnung, Frau Armstrong. Passt es Ihnen um 19:00 Uhr heute Abend?" "Ja, das ist passend." "Können Sie zum WBI-Gebäude kommen?"

"Sicher."

"Gut. Ich teile meinen Standort. Bis bald."

PART-13

Washington DC,

Januar 2022

Um genau 19 Uhr an diesem Abend wartete Selina vor dem WBI-Gebäude auf Boris. Zehn Minuten später tauchte Boris auf. Nach einer kurzen Vorstellung gingen sie zu Boris' Auto und fuhren zum bescheidenen Restaurant namens Bundle Kitchen, das vor Kurzem eröffnet hatte. Nachdem sie etwas bestellt hatten, kam Selina auf das Thema.

"Danke für Ihre Zeit. Ich werde versuchen, eine möglichst kurze und verständliche Erklärung zu geben."

Boris schaute die müde und traurige junge Frau an, die offensichtlich aus ihrem Blick hervorging, dass sie in letzter Zeit nicht viel geschlafen hatte. Er wusste nicht, was er von diesem seltsamen Treffen und der Frau vor ihm halten sollte.

"Gern geschehen, ich höre Ihnen zu."

Selina holte aus ihrer Tasche die Zeitungsseite, die Colonel versteckt hatte, und öffnete sie. Gleichzeitig fuhr sie fort:

"Schauen Sie, Herr Pavlov, mein Mann, Colonel Armstrong, war der Enkel von Neil Armstrong."

Boris versuchte, seine Überraschung zu verbergen.

"Das habe ich erst eine Weile nachdem ich ihn kennengelernt habe, erfahren. Colonel zog es immer vor, im Hintergrund zu bleiben, wenn er die Möglichkeit hatte, ein eher auffälliges Leben zu führen. Er hatte immer eine Haltung, Dingen aus dem Weg zu gehen. Er war sehr intellektuell. Er interessierte sich für verschiedene Themen. Zum Beispiel Kunst, Philosophie, Religionsgeschichte, Mathematik, Archäologie, Antiquitäten... Er war auch eine Person, die die Menschen durch sein Aussehen und seine Reden beeindruckte, aber nach seinem Universitätsabschluss vertiefte er sich in Bücher und persönliche Interessen und beschränkte sein Sozialleben extrem. Obwohl sein Großvater einer der bedeutendsten Männer der jüngsten Geschichte war, vermied er es bewusst, darüber zu sprechen. Die letzten Monate vor seinem Tod waren ebenfalls besonders unruhig. Zu seinem melancholischen Temperament kamen Dinge wie Albträume, Magenkrämpfe und mehr als üblich, sich in seinen Forschungen zu vergraben."

Selina spielte mit der Nachricht von Simon Blake und Boris Pavlov auf der Zeitungsseite, die sie auf den Tisch gelegt hatte. Boris schaute sie erstaunt an:

"Ich erinnere mich an diese Nachricht. Mein enger Freund Simon und ich hatten einen interessanten Fall aufgeklärt. Was denken Sie, hat das mit unserem Thema zu tun?" Er lächelte.

Selina fasste dann zusammen, was am Abend von Colons Autounfall passiert war. Um Platz für den Kellner zu machen, der die Bestellungen brachte, zog Boris seinen Kopf vom Tisch zurück, während Selina die Zeitung ordnete. Boris stellte Selina eine Frage, auf die er selbst die Antwort erraten hatte, weil er neugierig auf die Reaktion der Frau war.

"Colonel glaubte, dass das, was ihm passieren würde, und die Ereignisse dahinter durch diesen Zeitungsbericht ans Licht gebracht würden."

"Anders gesagt, er dachte, dass ich, mein Freund Simon und dieser David diesen Fall lösen würden. Wissen Sie, wer dieser David ist?"

Boris aß sein Essen und wartete auf Selinas Antwort.

"Ich denke ja. Ich denke, er meinte David Bruster. David ist seit Jahren bei uns. Er hat unter Colonel in allen möglichen Positionen gearbeitet. Aber er war mehr wie ein Familienfreund als ein Angestellter. Er und Colonel waren sehr eng, und sein Tod hat ihn stark beeinflusst."

Boris schluckte den Bissen in seinem Mund.

"Und haben Sie das mit David Bruster besprochen?"

Selina, die normalerweise nicht als besonders appetitliche Person betrachtet wurde, hatte seit dem Tag, an dem sie ihren Mann verlor, aufgehört zu essen. Die Situation sah auch an diesem Abend nicht anders aus.

"Nein, Major Pavlov, noch nicht."

Sie hat Bedenken wegen Bruster. Anstatt es jemandem zu sagen, mit dem sie angeblich Jahre lang eng befreundet war, bringt sie es gegenüber jemandem zur Sprache, den sie noch nie getroffen hat, wie mir. Oder sie lügt mich an...

Pavlov, der die junge Frau anstarrte, sagte:

"Ich verstehe."

"Herr Pavlov, können Sie mir etwas über Ihren Freund Simon Blake erzählen?"

Boris rollte mit den Augen.

"Was genau möchten Sie wissen, Miss Armstrong?" fragte er.

"Ich habe Recherchen über Ihren Freund durchgeführt, bevor ich mich mit Ihnen getroffen habe. Oder besser gesagt, sagen wir, ich habe das Internet durchsucht, um meine Neugier zu befriedigen. Ich bin auf keine wichtigen Informationen gestoßen, außer dass er Dozent in der Abteilung für Kunstgeschichte an der Universität Washington war. Wie kann so eine Person eine Schlüsselrolle in Kriminalfällen spielen? Und so faszinierend das Thema der spontanen Selbstentzündung im Zeitungsbericht auch ist, zumindest so weit ich weiß, liegt es weit außerhalb von Herrn Blakes Fachgebiet. Aber die Zeitung sagt, dass er dafür von der Universität, an der er arbeitet, ausgezeichnet wurde..."

Major Pavlov hielt einen Moment inne, um darauf zu achten, der jungen Frau, die er erst seit kurzer Zeit kannte, nicht mehr zu erzählen als notwendig, und antwortete auf die Frage:

"Simon ist ein wenig außergewöhnlich. Zufälligerweise haben sie vor drei Jahren bei der Klärung eines Falls, der die Polizei betraf, erheblich geholfen. Aber Simon ist eine geschäftige Person. Ich weiß nicht, warum Ihr Mann speziell meinen Namen und den meines Freundes hinterlassen hat. Ich denke, schauen wir uns vorerst an, was wir tun können, ohne ihn zu involvieren. Kann ich Sie bitten, zusammenzufassen, was am Morgen des Todes Ihres Mannes passiert ist?"

PART-14

Florida, 1969

Nach der Katastrophe vor etwa siebzehn Monaten erholte sich das NASA-Team schnell, das Apollo-Programm wurde vollständig überholt und wiederaufgebaut, alle Arten von Sicherheitsmaßnahmen wurden erhöht, und eine Evakuierungsluke wurde zum Kommandomodul hinzugefügt, die diesmal innerhalb von drei Sekunden öffnete.

16. Juli 1969 um 9:32 Uhr

Am Cape Kennedy Space Base auf Merritt Island, Florida, begann Apollo-11, montiert auf einer massiven 363-Fuß-Saturn-5-Rakete, diesmal reibungslos mit einer Besatzung bestehend aus Kommandant Neil Armstrong, Kommandomodulpilot Michael Collins und Mondlandemodulpilot Edwin 'Buzz' Aldrin seine Reise. Siebenundzwanzig Millionen Pfund Schub wurden für den Start verwendet. Apollo-11 würde nach einer Reise von etwa zwölf Stunden in den Mondorbit eintreten...

Die öffentlich bekanntgegebene Rechtfertigung für die Reise zum Mond war von Anfang an "die wissenschaftliche Neugier der Menschheit und die Rivalität der USA mit der Sowjetunion im Kalten Krieg".

So würde es für den Großteil der Welt bleiben.

PART-15

Selina fasste Major Pavlov zusammen, was am Morgen des Todes ihres Mannes und in den folgenden Stunden passiert war.

"Colonel hatte sich in letzter Zeit zwanghaft dafür interessiert, dass die geschriebene Geschichte nicht die Fakten widerspiegelte, und hatte bis spät in die Nacht alte Quellen zu diesem Thema studiert. Ich glaube, zuletzt interessierte er sich für ein Buch von Francis Bacon aus den 1600ern. Er hatte jemanden in Georgetown, Texas, kontaktiert, der behauptete, die Originalversion des Buches enthalte andere Informationen als die veröffentlichte Version. Er stand früh auf – gegen 4:00 Uhr, denke ich – und machte sich auf den Weg. Es hat mich nicht geweckt. Er hatte mir in der Nacht zuvor gesagt, dass er ein Flugticket für 6:30 Uhr gekauft hatte. Er wollte ein Taxi zum Reagan Airport nehmen und nach Georgetown fliegen."

Selinas Stimme begann zu zittern und ihre Augen färbten sich rot. Sie hielt sich hart zurück, um nicht zu weinen. Mit einem tiefen Seufzer fuhr sie fort:

"Um etwa 6:00 Uhr riefen sie das Peacehealth St. Martin Medical Center an, um mich zu informieren, dass mein Mann plötzlich einen Herzinfarkt erlitten hatte, während er in einem Taxi unterwegs war, und dass sie ihn trotz aller Bemühungen nicht retten konnten. Die Sicherheit des Krankenhauses hielt den Taxifahrer kurzzeitig fest und stellte ihm ein paar Fragen, ließ ihn dann aber gehen, weil er nichts Verdächtiges sah."

"Haben sie die Identität des Taxifahrers und die Firma, der er angehört, überprüft?"

"Ja, haben sie. Nach dem, was sie mir erzählt haben, schien es keine Probleme zu geben."

"Bitte fahren Sie fort..."

"Der Vorfall wurde als Tod durch Herzinfarkt aufgezeichnet, und sie sagten, sie hätten keine Beweise gefunden, um zu vermuten, dass ein kriminelles Element beteiligt war. In den folgenden Tagen ging ich zur Polizei, um meine Verdachtsmomente auszudrücken, und bat um eine Autopsie, aber sie wiesen es als die Einbildung einer jungen Frau zurück, die gerade ihren Mann verloren hatte. Sie kennen das Nachspiel."

"Ich verstehe, Frau Armstrong. Gibt es etwas, das Sie hinzufügen möchten, das über all das hinausgeht? Selbst wenn es Ihnen trivial oder irrelevant erscheint, was ist etwas, das Ihnen in letzter Zeit im Verhalten Ihres Mannes seltsam erschien?"

Die junge Frau dachte eine Weile nach.

"Mmm.. Es könnte etwas sein, Mr. Pavlov. Wie ich vorhin erwähnte, waren die Schlafmuster meines Mannes in den letzten Monaten gestört. Manchmal würde er im Schlaf zusammensacken, und manchmal würde er plötzlich aufwachen. Ich habe bemerkt, dass es eine Phrase war, die er in solchen Momenten oft im Schlaf wiederholte, aber ich dachte nicht, dass es wichtig sein könnte, bis Sie danach gefragt haben." "Was ist es, Frau Armstrong?"

"Noahs Flut..."

PART-16

Washington DC,

Januar 2022

Simon Blake präsentierte "Interdisciplinary Art" an Senior-Studenten an der Washington University School of Art in Seattle, wo er in den letzten vier Jahren als Associate Professor tätig war, an diesem Tag zum ersten Mal mit dem Titel Professor. Man konnte nicht sagen, dass er allzu aufgeregt war. Sein Mund war trocken, da er ununterbrochen eine halbe Stunde lang gesprochen hatte, also nahm er einen Schluck Wasser aus der Plastikflasche, die für ihn auf dem Rednerpult bereitstand, und erklärte weiter und zeigte auf das Bild, das von einem Projektor mit dem Stock projiziert wurde, den er in der Hand hielt:

"Wie Sie sehen können, hat sich Maurits Escher in seinem Werk Print Gallery auf geniale Weise mit dem beschäftigt, was wir den 'Droste-Effekt' nennen, auf eine Weise, die noch kein Künstler zuvor gedacht hat. Escher, der nach seinem Tod auf eine gewisse Weise Teil der Populärkultur wurde, hat viele beeindruckende Zeichnungen, mit denen fast jeder vertraut ist. Aber die Print Gallery ist vielleicht das wichtigste Werk des Künstlers, wenn nicht eines seiner bekanntesten Werke wie Metamorphose oder Relativität."

Die Studenten im Saal schienen von den seltsamen kurvenförmigen Zeichnungen auf der Leinwand und der schwarz-weißen Zeichnung, die aus einer Kinderfigur bestand und sie ansah, nicht beeindruckt zu sein. Die beiden Schülerinnen kicherten, schauten Prof. Blake an und dann einander an. Dann begann es Heulen aus dem Saal zu geben, das offensichtlich keine Diskussion über den Inhalt der Vorlesung hatte.

Genau wie Blake erwartet hatte.

Dann drückte Simon Blake auf die Wiedergabetaste. Sofort begann die Zeichnung, die auf dem Bildschirm nicht den Eindruck eines 'künstlerischen Meisterwerks' vermittelte, sich leicht zu drehen. Als sich das Bild in sich selbst drehte, hatte es den Effekt, als würden Passagiere, die in einem Tunnel reisen, dem Ausgang des Tunnels näherkommen, das Bild, das sich drehte und sich erweiterte, während es sich dem Mittelpunkt näherte, bildete das große Bild selbst in Form von Wiederholungen, die jedes Mal und für immer fortgesetzt wurden.

Die Studenten in ihrer eigenen Welt, die ein paar Sekunden zuvor nicht so aufgeregt über die Präsentation waren, waren stumm auf den Bildschirm fixiert, als wären sie hypnotisiert, dann begannen Lachen und Applaus aus dem Saal zu kommen, was Überraschung und Zufriedenheit signalisierte.

Mit einem leichten Lächeln gab Blake den Studenten ein Handzeichen, ruhig zu sein, und stoppte das Bild wieder.

"Ich denke, jetzt ist es ein wenig besser verständlich, warum dieses Werk ein Meisterwerk ist."

Ein summendes "Ja!" ertönte aus dem Saal.

Ein männlicher Student mit Brille hob die Hand und ergriff das Wort.

"Es ist klar, dass dies eine geniale Studie ist, Dr. Blake. Aber denken Sie nicht, dass der künstlerische Aspekt etwas schwach ist? Ich denke, es ähnelt mehr einer Ingenieursarbeit als einem künstlerischen Meisterwerk."

"Sie haben einen sehr richtigen Punkt gemacht. Genau an diesem Punkt wurde Escher von seinen Zeitgenossen scharf kritisiert. Als Antwort sagt er, dass die Frage, was aufregend ist, eine rein subjektive ist, und dass dies die Fragen sind, die ihn beeinflussen. Außerdem ist die Wechselwirkung zwischen Mathematik und den Bildenden Künsten keine Sache, die Escher erforscht hat, sondern reicht bis in die Anfänge der Kunstgeschichte zurück. Diese beiden Disziplinen haben sich im Laufe der Geschichte gegenseitig beeinflusst und transformiert."

Ein anderer Student ergriff das Wort. "Hat Escher während dieser Arbeit Computer verwendet?"

"Zur Zeit der Studie waren persönliche Computer noch nicht weit verbreitet. In den letzten Jahren wurde jedoch die Infrastruktur dieser Zeichnung durch Reverse Engineering mithilfe verschiedener Computerprogramme formuliert, sodass unterschiedliche Versionen erstellt werden können."

Ein anderer Student fragte:

"Warum denken Sie, war Escher so besessen von Mathematik, was war sein Ziel?"

"Ich bezweifle, dass es darauf eine klare Antwort gibt, die selbst Escher geben könnte, aber der wichtige Punkt ist nicht, zu welchem Zweck M.C. Escher Mathematik verwendet hat, sondern mit welcher intrinsischen Motivation. Ich glaube, die Hauptleidenschaft des Künstlers, der zu keiner Zeit seines Lebens formelle mathematische Bildung erhalten hat, ist nicht die Mathematik, sondern sein Ziel ist es, die Mysterien wie Ewigkeit, Schöpfung, Kosmos und Relativität zu visualisieren, die die Hauptthemen der existenziellen Philosophie sind, auf einfachste und eindrucksvollste Weise mit Hilfe der Mathematik."

Als wir uns dem Ende der Vorlesungszeit näherten, hörten einige der Studenten im Hörsaal immer noch aufmerksam der Präsentation zu, während es aus dem Gemurmel deutlich wurde, dass einige von ihnen abgelenkt waren. Die Nachricht erreichte Blakes Handy, das er auf das Pult gelegt hatte, ohne es aufzulegen:

"Sind Sie diesen Samstag frei?" Simon warf einen seitlichen Blick auf seine Uhr, wandte sich den Studenten zu. "Vielen Dank für eure Teilnahme, Freunde, wenn jemand Fragen hat, das war es für heute."

PART-17

Occaquan City,

Januar 2022

Die beiden alten Freunde trafen sich in Blakes Haus in Occoquan City, wie sie es oft an Wochenenden tun. Sie spielten Schach, naschten und plauderten, wie sie es jedes Mal taten, wenn sie sich trafen.

Occoquan City liegt 24 Meilen von Washington DC entfernt am Occoquan River in Nord-Virginia. Bis vor Kurzem hatte die Stadt das Aussehen einer Industriesiedlung mit Tabaklagern und Mühlen, doch heute präsentiert sie sich mit Antiquitätengeschäften, Kunstzentren, Restaurants und Bootsanlegestellen in einem interessanten Erscheinungsbild. Blake hatte sich vor Kurzem entschieden, seine Freizeit in einer kleinen zweistöckigen Villa direkt am Ufer des Flusses zu verbringen.

Diesmal nahm das Gespräch zwischen den beiden alten Freunden eine unerwartete Wendung.

"Woher kommt das jetzt?" sagte Simon Blake, während er seinen Freund ansah und das Gesicht verzog.

"Ich wusste nicht, dass du dich für diese Dinge interessierst."

"Warum nicht?" sagte Boris, "Liest nur einer von uns ein Buch?" zwinkerte er.

Boris versuchte künstlich, das Problem zu verbergen, das ihn quälte, indem er fröhlich zu wirken versuchte...

Die beiden Männer kannten sich fast seit ihrer Kindheit und waren enge Freunde. Nach dem Abschluss derselben High School begannen sie beide, Kunstgeschichte an derselben Universität zu studieren. Während Simon sein Studium fortsetzte, entschied sich Boris nach Abschluss seines ersten Studienjahres an der Fakultät, die Polizeischule zu besuchen, und war nun Major im Washingtoner Büro für Forschung.

Simon kannte seinen Freund gut genug, um zu wissen, dass die gestellte Frage mehr als nur Smalltalk war. Ohne etwas dazu zu sagen, begann er zu teilen, was er wusste:

"Die Sintflut, wie du weißt, ist eine große Katastrophe, von der in verschiedenen lokalen Legenden geglaubt wird, dass sie von Gott geschickt wurde, um die Menschheit zu bestrafen. Die Details der Sintflut variieren in verschiedenen Kulturen und haben unterschiedliche Bezeichnungen. Der Meinung der Mehrheit nach ereignete sich die Sintflut um 4100 v. Chr. Obwohl sie im Allgemeinen als ein Konzept spezifisch für heilige Texte bekannt ist, wurde sie tatsächlich in vielen Mythologien, Fabeln und Glaubenssystemen vor den heiligen Texten aufgenommen. Natürlich wurde ein solcher weit verbreiteter Glaube auch wissenschaftlich untersucht.

Nach Meinung einiger Wissenschaftler hat ein solcher Mythos nichts mit der Realität zu tun, während andere es für physikalisch unmöglich halten, dass die ganze Welt von Wasser bedeckt ist. Sie finden es jedoch logisch, dass es in einer bestimmten Region, in der nur die Völker der antiken Welt über bestimmte Geografien verteilt waren, zu einer Flut kam.

In den späten 1800er Jahren erkannten beispielsweise der britische Archäologe Sir Leonard Woolley und der deutsche Archäologe Erich Schmidt bei ihrer Arbeit in der Region Mesopotamien, dass der ausgegrabene Ort Schlamm war, als sie unter die Erde gruben. Zusätzlich wurden als Ergebnis dieser Ausgrabungen Gräber der sumerischen Könige in der Region gefunden. Das bedeutet, dass es dort zu erheblichen Überschwemmungen kam.

Das sind Informationen von Google, die überall zu finden sind. Aber wenn du mich nach meiner persönlichen Meinung fragst, ist das Interessanteste, dass die Legende der Sintflut die einzige Geschichte ist, die meines Wissens nach in allen Religionen, allen Mythologien, allen Kulturen und lokalen Erzählungen einen Platz gefunden hat. Mich interessiert das schon seit meiner Kindheit, und ich würde mich nicht wundern, wenn ich erfahren würde, dass die Wahrheit ganz anders ist als das, was links und rechts geschrieben steht."

Mal sehen, wann du zum Hauptpunkt kommst...

Pavlov lehnte einen Kommentar ab.

Blake nippte an seinem halbleeren Kaffeebecher und starrte auf das Schachbrett vor ihm. Simon Blake liebte Schach und war in seiner Kindheit und Jugend talentiert genug, um Profispieler werden zu wollen. Er hatte viel Mühe und Zeit darauf verwendet, sich in dieser Hinsicht zu verbessern. Obwohl er sein Ziel, Profi zu werden, aufgrund einiger persönlicher Probleme aufgeben musste, nachdem er zu der Zeit verschiedene Rankings aus den Turnieren gewonnen hatte, an denen er teilnahm, pflegte er sein Interesse an diesem Spiel als Amateur weiter, wofür er leidenschaftlich war. Sein nachdenklich aussehender Freund hatte das Spiel bis zu diesem Punkt gut gemacht, und die Lage schien unklar zu sein. In der vorherigen Bewegung dachte Boris, er habe an Qualität und Überlegenheit gewonnen, indem er die Lücke seines Freundes ausnutzte, aber sein Kopf war so voll, dass er nicht bemerkte, dass im Gegenzug für seinen Zug die Bauern von Simon das Spiel gewinnen würden. Die beiden alten Freunde verbrachten eine Weile so. Zwei Stunden später, als Simon Blake Boris verabschiedete und die Tür hinter ihm schloss, wusste er, dass das heutige Gesprächsthema noch nicht abgeschlossen war.

PART-18

März 1989

Fast zwei Monate waren vergangen, seit Colemans und Maureens seltsamem Gespräch, in dieser Zeit rief Coleman Maureen so oft an, wie er sollte, arrangierte unfreiwillig die physische Umgebung des Instituts für das, was gemäß den erhaltenen Anweisungen getan werden sollte, und informierte das Personal nach Bedarf. Für einen Außenstehenden schien alles wie gewohnt im Institut für Genomanalyse zu verlaufen. Am Morgen klingelte das Telefon. Der Anrufer war derjenige, den Coleman erraten hatte.

"Hier bin ich, Coleman?"

"Meine Maureen. Unsere Kinder haben die Embryoröhren vorbereitet. Fehlt dir etwas?" "Nein, alles ist so arrangiert, wie wir gesprochen haben."

"Gut... hol das Auto um 18 Uhr am Flughafen ab. Wir werden da sein, Odd..." Odd Maureen legte ohne Antwort auf.

PART-19

19. Juli 1969

Gestartet vom Kennedy Space Center betrat Apollo-11 schließlich nach einer reibungslosen dreitägigen Reise die Mondumlaufbahn. Collins wandte sich an Armstrong und fragte:

"Glaubst du, dass das, was sie uns erzählen, wahrscheinlich wahr ist?"

Neil Armstrong sagte seinem Kollegen: "Ehrlich gesagt, bleibt es nicht bei mir hängen. Aber wenn diese Möglichkeit nicht signifikant wäre, hätten sie sich nicht so viel Mühe gemacht. Jedenfalls werden wir die Antwort darauf in ein paar Stunden herausfinden."

Hier verließen Neil Armstrong und Edwin "Buzz" Aldrin Michael Collins im Kommandomodul und begaben sich zum Lunar Module, das auf der Mondoberfläche landen würde. Entgegen der offiziellen Erklärung für die Presse und dem vorbereiteten Showprogramm landete das Lunar Module jedoch nicht auf der Mondvorderseite im Mare Tranquillitatis, sondern auf der Rückseite des Mondes.

Das Lunar Module hat seine Reise begonnen, die entlang der vorher festgelegten Route mehrere Meilen dauern wird. Was Armstrong und Aldrin bald sehen würden, würde sie für den Rest ihres Lebens verfolgen. Aldrin, mit zitterndem Finger, der auf das Bild vor ihnen etwa fünfhundert Meter entfernt zeigte, sagte mit Mühe:

"Siehst du das auch... siehst du das?"

Er hatte Schwierigkeiten beim Sprechen zu atmen. Armstrong spürte, wie sich sein Magen zusammenzog, und ihm wurde schwindlig. Er konnte nur sagen:

"Ja."

Er konnte sich nie daran erinnern, ob er es laut gesagt oder nur innerlich gedacht hatte.

PART-20

Major Pavlov dachte aufgrund seiner langjährigen Erfahrung, dass es nichts ausmachte, die Regeln von Zeit zu Zeit zu beugen, um der Gerechtigkeit willen, und dass dies manchmal die einzige Lösung war. Obwohl dieser Ansatz ihm zuvor Ärger bereitet hatte, entwickelten sich die Dinge später positiv. Dieses Mal hoffte er darauf.

Eine Woche nachdem er Selina Armstrong getroffen hatte, waren zwei Tage vergangen, seit er Blake besucht hatte. Es war für ihn nicht schwer gewesen, am Tag zuvor einen gefälschten Durchsuchungsbefehl zu erhalten und eine Meldung für eine Routineuntersuchung zu bekommen.

In diesem Stadium hielt er es nicht für notwendig oder sinnvoll, das Thema bei Blake anzusprechen. Vielleicht war das, was passiert war, nur die Vorstellung eines Mannes und einer jungen Frau, die an einem Herzinfarkt gestorben war.

Gegen 9:00 Uhr am Dienstagmorgen fuhr er mit seinem Auto auf den Parkplatz des PeaceHealth St. Martin Krankenhauses und machte sich auf den Weg zur Notaufnahme. Ich hoffe, der Sicherheitsmann ist nicht der neugierige Typ. Beim Betreten durch den schmalen Eingang im Erdgeschoss auf der Südwestseite des Krankenhauses zeigte er dem kräftigen jungen Offizier, der hinter dem kleinen Schreibtisch vor ihm auf der rechten Seite wartete, seinen Ausweis und den Durchsuchungsbefehl in seiner linken Hand und sagte:

"Ich, Major Boris Pavlov des WBI, wurde angewiesen, die Kameraaufzeichnungen der Notfalldienste im Zusammenhang mit dem Tod von Colonel Armstrong am 28. November 2021 zu überprüfen."

Der Sicherheitsmann, der gleichgültig das Gesicht von Pavlov und die Dokumente betrachtete, die er in der Hand hielt, sagte:

"Bitte folgen Sie mir."

Nach etwa zwanzig Metern betraten sie durch die Tür mit der Aufschrift "Nur für befugtes Personal" den Raum. Vor ihnen erschien ein schmaler Flur mit Türen links und rechts. Der Mitarbeiter öffnete die dritte Tür von rechts, wählte einen Schlüssel aus dem großen Schlüsselbund mit zahlreichen Schlüsseln, der an seinem Gürtel hing.

"Werden Sie die Aufnahmen hier überprüfen?"

Pavlov zeigte dem Offizier den USB-Stick, den er aus seiner Tasche genommen hatte, und sagte:

"Nein, ich werde eine Kopie mitnehmen. Sie wird von einem Expertenteam im Zentrum untersucht."

Es gibt noch etwas. Ich brauche den Namen des Taxifahrers, der Armstrong an diesem Tag ins Krankenhaus gebracht hat, das Unternehmen, für das er arbeitete, und die Aussage des Fahrers.

PART-21

März 1989

Der gepanzerte Wagen, der das Logo des Genome Research Center trug, kam lange vor 18:00 Uhr am Abend am Washington Dulles International Airport an. Kurz darauf landete ein privater Dassault Falcon 900-Jet aus England. Die Tür des Flugzeugs öffnete sich langsam, und Odd Maureen erschien. Bevor er die Treppe hinunterging, schaute er sich um. Coleman ist nirgendwo zu finden...

Er stieg mit zwei weiteren Personen in schwarzen Anzügen aus, die ihn beobachteten. Dr. Ron Kurt vom Genome Research Center bemerkte, dass der Fahrer und zwei weitere Offiziere auf ihn warteten.

"Hallo Ronnie, ich dachte, Nathan kommt, um mich zu treffen?"

Dr. Kurt versuchte, so freundlich und sympathisch wie möglich zu wirken, und sagte:

"Willkommen Maureen, Dr. Coleman hat ein dringendes Problem, dem er im letzten Moment nachgehen muss. Er hat mich gebeten, Ihnen seine Entschuldigungen auszusprechen. Er wartet nun ungeduldig auf Sie im Institutsgebäude."

Maureen starrte ihn direkt an. Ich bin sicher, das ist so... Dr. Kurt fragte neugierig:

"Ist unsere Fracht im Flugzeug, Sir?"

Maureen wandte den Kopf in Richtung des Flugzeugs hinter sich und machte Blickkontakt mit ihren Männern, die sie anstarrten, als würden sie auf Nachrichten warten. Er hob die Hand und schnippte mit den Fingern.

"Natürlich, Ronnie..."

Dr. Kurt wies seine Männer an, beim Entladen der Fracht vom Flugzeug zu helfen und sie zum gepanzerten Fahrzeug zu transportieren. Zehn Minuten später waren das Institutsfahrzeug vorne und die im Voraus für Maureen arrangierte schwarze Limousine dahinter auf dem Weg zum Genome Research Center mit der mysteriösen Fracht im Inneren.

PART-22

Boris Pavlov ging nach Erhalt der notwendigen Informationen vom Sicherheitsmann zuerst zu sich nach Hause, wo er die Videoaufnahmen leicht überprüfen konnte. Es war einfacher als erwartet...

Nachdem er sich einen Kaffee aus der Küche geholt hatte, schaltete er seinen Laptop ein und kopierte die H.264-Format-Kameraaufnahmen, die er von seinem DVR-Rekorder im Krankenhaus auf seinen USB-Stick geladen hatte. Nach Abschluss des Backup-Vorgangs öffnete er die Bilder, holte sich einen Kaffee, Stift und Papier.

Er öffnete zuerst die Aufnahmen, die die Umgebung der Notaufnahme zeigten, in der Hoffnung, das Taxi zu sehen, das Armstrong ins Krankenhaus gebracht hatte. Bald darauf erschien ein Ford Crown Victoria-Taxi auf dem Bildschirm. An dieser Stelle fror Pavlov das Bild ein. Er holte das kleine Notizbuch aus der Tasche, in dem er den Namen des Fahrers notiert hatte.

Cliff Robbins...

Er fuhr fort, die Kameraaufzeichnung anzusehen. Das Fahrzeug bleibt genau um 5:27 Uhr am 28. November 2021 vor dem Krankenhaus stehen. Die Fahrertür des Taxis öffnet sich, und der Fahrer, der trotz der schwarz-weißen Aufnahme rothaarig zu sein scheint, steigt aus.

Also, das ist unser Mann...

Bis zu diesem Punkt schien alles normal zu sein. Aber nach wenigen Sekunden geschah etwas, das Pavlovs Aufmerksamkeit erregte.

Nachdem der Fahrer aus dem Fahrzeug gestiegen war, stand er kaltblütig eine Weile vor dem Fahrzeug, anstatt sich wie üblich eilig nach drinnen zu begeben. Er schaute nach links und rechts, bewegte nur seine Augen, ausdruckslos, als suche er nach jemandem oder etwas. Dann fixierten sich seine Augen an einer Stelle. Er hob leicht seine rechte Hand und zeigte mit dem Zeigefinger deutlich auf seinen eigenen Hals. Nach einigen Sekunden fuhr er fort, mit den Augen auf dieselbe Stelle zu schauen, den Kopf vage auf und ab bewegend, als würde er etwas billigen. Unmittelbar danach, als wäre er gerade erst dort gewesen, begann er hastig, nach innen zu rennen, und verschwand aus dem Bild.

PART-23

März 1989

Eine Stunde später trafen Odd Maureen und Dr. Ron Kurt zusammen mit sechs weiteren Missionaren im Genom-Forschungszentrum ein. Coleman wartete zusammen mit einem Sicherheitsbeamten und zwei Genetikern direkt vor dem Haupteingang des Gebäudes auf sie.

"Wir haben auf euch gewartet, Odd... Bist du sauer, dass ich nicht zum Flughafen kommen konnte?"

Coleman rieb sich die Hände.

"Ich habe dich vermisst, Nathan."

Idiot... Er denkt, er kann Spielchen mit mir spielen...

Obwohl Coleman Maureen nicht mochte, waren beide Männer gespannt auf die Entwicklungen, die sie in den kommenden Tagen erleben würden.

Das gepanzerte Fahrzeug fuhr auf den Hof des Instituts und bewegte sich vorsichtig durch den Garten in Richtung der Südwestfassade des Gebäudes, das von hohen Mauern und Bäumen umgeben war, sodass es von außen nicht gesehen werden konnte. Es stand direkt neben einer Stahlplattform von etwa 7 x 4 Metern. Unter den aufmerksamen Blicken von Maureen, Coleman und Kurt wurden die Luken des Fahrzeugs geöffnet, und die wertvolle Fracht, die in einem Safe innerhalb eines speziellen Gefrierschachts aufbewahrt wurde, wurde mithilfe einer Art Gabelstapler ohne Erschütterungen vom Fahrzeug abgelassen. Sofort danach begann die Plattform, auf der sich der Gabelstapler befand, sich langsam nach unten zu bewegen, aktiviert durch einen Mechanismus. Als die Plattform mit dem

Gabelstapler ihren knapp vier Fuß hohen Abstieg abgeschlossen hatte, stoppte der Fahrer vor einer Tür und fuhr mit dem Gehäuse etwa zwanzig Fuß landeinwärts durch einen schlecht beleuchteten Korridor. Als Coleman eine Karte aus der Innentasche seines Arbeitskittels in den Sicherheitssensor der Tür einscannte, öffnete sich die Tür von selbst und gab einen großen Laborraum frei, den jemand, der ihn zuvor nicht gesehen hatte, für gewöhnlich gehalten hätte. Maureen warf einen Blick auf die endgültige Version des Labors, das sie Monate zuvor gesehen hatte. Gemäß den Anweisungen wurden mehrere geschlossene Räume hinzugefügt, notwendige Änderungen am Belüftungssystem vorgenommen und neue Generatoren zu den vorhandenen hinzugefügt. Abgesehen davon fiel in der Umgebung nichts Ungewöhnliches auf; Öfen, Biokabinette, Spektrophotometer, Filtrationsgeräte, Orbitalrührer, pH-Meter, Manometer, Bechergläser, viele Glasröhren, einige Tischcomputer usw., die in jeder medizinischen Laboratorien, die mit dem Zeitalter Schritt gehalten haben, auf den Arbeitsflächen angeordnet sein sollten...

Der Gabelstapler brachte das Gehäuse, wie gewünscht, in einen der neu gebauten Räume und ließ es auf der speziell vorbereiteten Plattform stehen. Kurz darauf wies Coleman das gesamte Personal, einschließlich Dr. Kurt, an, Respekt zu zollen:

"Das war's vorerst, Leute. Wir machen morgen weiter. Ihr könnt euch verstreuen."

Eine Minute später, sobald Maureen und Coleman sicher waren, dass sie allein im Labor waren, betraten sie den kleinen Raum, in den der Safe verlegt worden war. Maureen schaute auf ihre gewohnte Art zu Coleman und sagte: "Bist du bereit für das, was du sehen wirst?" Coleman spürte eine merkwürdige Drehung in seinem Magen und eine Beschleunigung seiner Atmung.

"Ja, ich denke, ich bin bereit."

Zumindest hoffe ich das...

PART-24

Nachdem er ein paar kleine Notizen auf dem Papier vor sich gemacht hatte, machte sich Pavlov daran, das Filmmaterial einer anderen Kamera der Rettungsdienste zu untersuchen. Das aktuelle Filmmaterial stammte von einer Kamera über der Eingangstür des Notfallzimmers, um den Hauptgang von oben zu sehen. Nachdem er eine Weile gewartet hatte, sah er einen Mann auf einer Trage, der von drei Krankenhausmitarbeitern im Laufschritt hineingetragen wurde. Nachdem die Trage einige Meter nach innen bewegt worden war, bog sie rechts ab und verließ das Blickfeld.

Das sollte Colonel Armstrong sein. Armer Mann...

Ein paar Sekunden später tauchten zwei weitere Personen im leeren Flur auf; ein rothaariger Fahrer und ein Sicherheitsbeamter.

Im Filmmaterial standen die beiden Männer eine Minute oder zwei lang und unterhielten sich, gingen dann den Gang entlang und verschwanden.

In diesen Bildern nichts Bemerkenswertes...

Pavlov sah sich das gleiche Aufzeichnung vom Anfang bis zum Ende sorgfältig an, falls ihm etwas entgangen war. Aber alles schien gewöhnlich. Schließlich begann er, die Bilder von der dritten Kamera zu untersuchen. Diesmal war die Kamera so positioniert, dass sie den Eingang zum Notfallzimmer von außen sehen konnte. Irgendwann nachdem er das Bild entfaltet hatte, kam ein großer brünetter Mann in den Vierzigern heraus. Er atmete tief durch und warf einen Blick auf seine Uhr. Er zündete sich eine Zigarette an und nahm tiefen Atemzug.

Wer bist du...

Er betrachtete sorgfältig die Straße, auf der Krankenwagen und andere Fahrzeuge eingefahren waren. Nervös rauchte er seine Zigarette, ohne den Blick von der Straße zu nehmen, und schaute zwischendurch auf die Uhr. Bevor er die Chance hatte, seine Zigarette zu Ende zu rauchen, änderte sich sein Gesichtsausdruck. Er war gerade dabei, die halbgerauchte Zigarette auf den Boden zu werfen, als er sich im letzten Moment daran erinnerte, dass er sich in einer medizinischen Einrichtung befand, und warf sie in den Mülleimer. Unmittelbar danach richteten sich seine Augen auf einen Punkt. Dann knöpfte er den obersten Knopf seines Hemdes auf und hielt gleichzeitig den Kragen seines Hemdes und seiner weißen Schürze mit seiner Hand, wodurch der untere rechte Teil seines Halses sichtbar wurde.

Was macht dieser Kerl...

Pavlov pausierte das Bild und spulte es für einige Sekunden zurück. Indem er es verlangsamte, begann es wieder abzuspielen. Unmittelbar danach stieß er auf eine eher überraschende Ansicht.

Ein Tattoo...

Er fror das Bild ein, vergrößerte es nach Bedarf. Er versuchte herauszufinden, was er sah. Vor einem Dreieck und Dreieck, der Kopf und die Vorderbeine ähneln einem Raubvogel, und der Körper und der Schwanz einer seltsamen Tierfigur, die an einen Löwen oder einen Wolf erinnert. Er hatte keine Ahnung, was das bedeuten sollte, aber er war sicher, dass es ein wichtiges Detail war. Er druckte das Tattoo aus, dann das Bild des brünetten Mannes. Simon wird früher eingreifen, als ich geplant hatte...

PART-25

März 1989

An diesem Abend öffnete Maureen den etwa einen Kubikmeter großen Stahlsafe, den sie aus England mitgebracht hatten, indem sie die erforderlichen Passwörter eingab. Coleman hielt den Atem an und beobachtete. Was er wenige Sekunden später sah, war ein Gerät, das mehr oder weniger der Technologie der 80er Jahre entsprach, einer beträchtlichen Größe ähnelte, wie ein großer Ofen oder in den Augen eines Wissenschaftlers eine biologische Aufbewahrungsschrank oder ein Ofen, den Coleman jedoch zuvor noch nie genau so gesehen hatte. Bis jetzt gab es nicht viel Ungewöhnliches. Bis auf ein Detail:

Das "moderne" Gerät vor Colemans Augen wurde vor etwa siebzigtausend Jahren hergestellt.

PART-26

Selina Armstrong besuchte die Buchhandlung regelmäßig nach dem Tod ihres Mannes und verfolgte den unsicheren Prozess der Zukunft des Queen's Book Store nach dem Tod des Colonels. David Bruster war auch die meiste Zeit dort.

Am Tag nach ihrem Treffen mit Major Pavlov ging sie wieder in die Buchhandlung.

Bruster war da; Er saß an einem der Tische hinten im großen Saal im Erdgeschoss, nippte an seinem Kaffee und blätterte in dem Buch vor ihm herum. Zwei ehemalige Mitarbeiter des laufenden Geschäfts beschäftigten sich derweil mit einer kleinen Anzahl von Kunden.

"Hallo David, wie geht es dir?"

"Willkommen Selina", lächelte Bruster.

"Wenn es dir nichts ausmacht, gibt es etwas Besonderes, über das ich mit dir sprechen möchte. Können wir ins Zimmer des Colonels gehen?"

Bruster wurde neugierig.

"Natürlich, Selina, ich komme sofort mit."

Sie gingen zusammen nach oben. Tatsächlich war es für beide psychologisch schwierig, nach dem Verlust des Colonels in dieses Zimmer zu gehen. Bisher hatte niemand Colonel's persönliche Sachen angerührt. Das Zimmer stand so, wie es zwei Monate zuvor von Colonel verlassen worden war.

"Ich bin mir nicht sicher, wie ich es sagen soll, David. Ich meine, du und Colonel wart sehr eng. Glaubst du, es könnte sich um private Informationen handeln, die Colonel mir gegenüber während seiner Lebenszeit verheimlicht hat und dir mitgeteilt hat, um sie mir im Falle seines Todes zu übermitteln oder so etwas?" Bruster sah überrascht aus.

"Ich bin mir nicht sicher, was du meinst, Selina... aber wenn ich dich richtig verstanden habe, nein, Colonel hat so etwas nicht getan."

Dann dachte er eine Weile nach, als ob er in seinem Kopf bestätigte, was er gesagt hatte, und bekräftigte für sich selbst,

"Nein, Selina, ich bin sicher, dass es kein solches Gespräch zwischen uns gegeben hat."

Danach erzählte Selina ihm von der Tasche, die Colonel hinterlassen hatte, der Zeitungsseite, die aus der Bibel kam. Sie holte den Zeitungsartikel, den sie in ihrer Handtasche trug, heraus und zeigte ihn David.

"Denkst du, Colonel meinte nicht dich, sondern jemand anderen namens David?"

Bruster überlegte eine Weile,

"Ehrlich gesagt denke ich nicht. Aus neutraler Sicht denke ich, er muss mich gemeint haben. Bis auf eine Sache; Ich habe keine Ahnung, was Colonel gemeint hat."

Selina fühlte sich enttäuscht.

"Bist du sicher?"

"Ja, ich bin mir absolut sicher."

PART-27

März 1989

Coleman versuchte, den Einfluss von dem, was er sah, abzuschütteln. Also war das, was Maureen sagte, wahr. Gott, wie ist das möglich...

In ihrem Gespräch vor etwa zwei Monaten glaubte Coleman Maureen nicht ganz. Er näherte sich der Angelegenheit einfach als Vorbereitung der notwendigen Infrastruktur für die Umsetzung einer mehr oder weniger zwingenden Anforderung seiner hierarchischen Basis. Diese Nacht kam Maureens Bericht wieder in seinem Kopf zum Leben, aber diesmal war die Wirkung etwas anderes:

"Die Menschheit ist immer wieder von der Schwelle zur Auslöschung zurückgekehrt, sagte Coleman. Jedes Mal machte sie die gleichen dummen Fehler, die gleichen egoistischen Ambitionen. Wissenschaft, Technologie, Kunst, Medizin, gigantische Gebäude, glamouröse Zivilisationen... Die Menschheit war immer sicher, dass die Zivilisation, die sie aufgebaut hatte, unerschütterlich war, aber das

Ergebnis war immer dasselbe; Die Welten, die als Ergebnis von Zehntausenden von Jahren der Anhäufung entstanden waren, verschwanden in wenigen Tagen oder sogar Stunden...

"Wir waren uns von Anfang an der Situation bewusst und erkannten, dass wir sofort nach der ersten Auslöschung die Kontrolle übernehmen mussten. Jedes Mal haben wir die wahre Geschichte der Menschheit in einer Sprache aufgezeichnet, die nur wir verstehen können...

"Manchmal wurde die Zerstörung durch einen Atomkrieg verursacht, manchmal durch eine Naturkatastrophe, manchmal durch den wirtschaftlichen und moralischen Verfall, der als Ergebnis unserer gewissenhaften Arbeit entstand. Wenn das geschah, waren unsere sicheren Zufluchtsorte bereits eingerichtet, wohin wir alle Ersparnisse der Vergangenheit in die Zukunft tragen würden. Sie würden verstehen, dass wir all dies genauso wenig mit jemandem teilen konnten wie Menschen sich selbst überlassen und ihre freie Entscheidung ausüben lassen konnten. Wenn es unvermeidlich war, dass sie sich selbst zerstören würden, musste es so sein, wie wir es wollten...

"Manchmal kam jedoch eine unerwartete Person daher und versuchte, all diese Informationen mit den Völkern der Welt zu teilen. Er versuchte, ihnen die Wahrheit zu zeigen und sie zu lehren, sich selbst zu schützen. Glücklicherweise waren solche Männer sehr wenige, sodass wir verhindern konnten, dass sie einen dauerhaften Einfluss hatten..." Jetzt haben wir die DNA dieser Art von Mensch. Was ich von dir verlange, ist, das Labor ordnungsgemäß vorzubereiten."

Maureen packte den abgelenkten Coleman am Arm und schüttelte ihn grob:

"Hey, Nathan, geht es dir gut?"

"Ja, Odd... Mir geht es gut. Aber ich habe Bedenken hinsichtlich dessen, was wir planen. Vielleicht wäre es besser, anstelle davon mit anderen Proben die Arbeit zu beginnen. Du weißt, dass diese Technologie viele Fehler verursacht, deren genaue Ursachen wir noch nicht feststellen können, und sie funktioniert nicht bei allen Arten mit derselben Effizienz. Wir haben in fast allen vorherigen menschlichen Versuchspersonen sehr dramatische Ergebnisse gesehen. Vielleicht ist es noch zu früh dafür."

"Wir haben nicht so viel Zeit, Coleman. Mir sind auch die Risiken bewusst. Aber wir haben viel Material, um viele Wiederholungen durchzuführen. Wenn das, was dich beunruhigt, die rechtlichen Konsequenzen davon sind, hat all das nie auf dem Papier existiert, weißt du." "In Ordnung, Odd. Dann fangen wir morgen an..."

PART-28

Washington DC,

Januar 2022

Major Pavlov war auf dem Weg zum Washington Flyer, dem Unternehmen, zu dem Cliff Robbins zu gehören scheint. Später an diesem Tag hoffte er, beim Taxiunternehmen vorbeizuschauen, um sich nach Robbins zu erkundigen, dann erneut das Krankenhaus zu besuchen, um mehr über den Krankenhausmitarbeiter zu erfahren, der ein Tattoo am Hals hatte. Schließlich wollte er Selina anrufen, um ihr Informationen zu geben. Sie spricht wahrscheinlich gerade mit David Bruster...

Nach einer zwanzig Meilen langen Autofahrt kam Boris am Washington Flyer an, der über seine Smartphone-App betrieben wird. Er setzte sich vor den Computer und stellte sich dem Mitarbeiter vor, der die Fahrten arrangierte. Der mittelalte, glatzköpfige, mollige Mitarbeiter hieß Jack Grisham.

"Haben Sie einen Fahrer namens Cliff Robbins, Jack?"

"Ja, Major."

"Wie lange arbeitet er schon hier?"

"Ich denke, es sind etwa sechs Monate."

"Was können Sie über ihn sagen? Wie ist er?"

"Nicht viel. Gewöhnliche Dinge... Er ist ein netter Kerl, er hat sein Geschäft so reibungslos geführt, wie ich mich erinnern kann."

"Ist er jetzt hier?"

"Nein, er ist unterwegs. Er hat einen Kunden."

"Wann wird er zurückkommen?"

Jack kneifte die Augen zusammen und sah auf seinen Computerbildschirm:

"Ich denke, es sind eine halbe Stunde. Oder vielleicht vierzig Minuten..."

"In Ordnung, Jack, können Sie mir Bilder von Cliff zeigen, während Sie auf seine Rückkehr warten?"

"Natürlich, Sir... bitte warten Sie."

Der Mann fand ein Foto von Cliff Robbins auf seinem Smartphone und reichte Pavlov den Bildschirm.

"Das ist er."

Auf dem Bildschirm war ein Foto von einem lächelnden brünetten Jungen, höchstens dreißig Jahre alt. Ein Profilfoto, aufgenommen, als er seinen neuen Job begann, im Fahrersitz des gewerblichen Taxis, in dem er arbeitete. Es kam überhaupt nicht in Frage, dass dieser brünette Teenager derselbe war wie der Mann in den Kameramitschnitten.

"Ist dieses Foto aktuell?"

"Ja."

"Sind Sie sicher, dass das Cliff ist?"

"Ja, natürlich."

Major Boris Pavlov grunzte und wartete auf den jungen Taxifahrer. Während er wartete, schrieb er eine Textnachricht auf seinem Smartphone:

"Ich melde mich, wenn es passt."

Er hat beschlossen, vorerst nicht zu Selina Armstrong zurückzukehren.

Als Cliff Robbins einige Minuten später zurückkehrte, stellte Jack Grisham Boris Pavlov dem Taxifahrer vor. Es war klar, dass der kleine brünette Kerl nichts mit dem rothaarigen tätowierten Mann in den Kameraaufnahmen zu tun hatte. Es ging darum zu verstehen, wie der Mann auf der Kamera am Tag getauscht hatte, als Colonel Armstrong getötet wurde, und herauszufinden, wo er jetzt ist.

Pavlov fasste die Situation für Robbins zusammen. Der Junge sah ein wenig erschrocken aus. "Es gibt nichts zu befürchten", fuhr Pavlov fort, legte seine Hand auf die Schulter des jungen Mannes, als wollte er sagen:

"Wie erreichen Ihre Kunden Sie normalerweise?"

Robbins antwortete mit einer Aussage, als wäre das eine lächerliche Frage.

"Einige Leute rufen mich direkt von meinem Handy an, manchmal rufen sie mich hier an, Jack leitet mich weiter."

Pavlov dachte einige Sekunden nach und fragte,

"Haben Sie in letzter Zeit Probleme oder unerwartete Situationen mit Ihrem Handy gehabt?" "Nein, das glaube ich nicht, aber..."

"Aber?"

"Vor einiger Zeit sind wir abends wie gewöhnlich einmal in der Woche mit den Jungs in die Bar gegangen, um ein Bier zu trinken und ein Spiel anzusehen."

"Ja?"

"Ich bin spät nach Hause gekommen. Ich denke, ich habe das Trinken ein wenig zu sehr vermisst. Als ich am Morgen aufwachte, merkte ich, dass ich mein Handy nicht bei mir hatte."

Pavlov dachte, dass er gerade das durchmachte.

"Was haben Sie als nächstes gemacht?"

"Ich bin hierher gekommen, ich habe unseren alten Jimmy auf Jacks Handy angerufen - Jimmy arbeitet seit Jahren in der Bar - und gefragt, ob er mein Handy gesehen hat. Er hatte es nicht gesehen. Ich bat ihn, sich umzusehen, er warf es weg, er konnte es nicht finden. Als ich nichts von den anderen Jungs hörte, entschied ich mich, ein paar Tage später ein neues Handy zu kaufen."

"Haben Sie es bekommen?"

"Nein, das ist nicht notwendig. Spät an dem Abend gab es einen Klopfen an der Tür meines Hauses. Ich öffnete zögernd, ohne auf jemanden zu warten. Ein Mann, den ich nicht kannte, stand vor mir mit meinem Handy in der Hand. Er sagte, er habe bemerkt, dass ich es in der Bar fallen gelassen habe. Lächelnd übergab er das Handy und ging mit schnellen Schritten davon. In diesem Moment schien mir das Verhalten des Mannes ein wenig seltsam, aber ich habe nicht weiter darüber nachgedacht. Mein Handy funktionierte einwandfrei. Dann geriet der Vorfall aus meinem Kopf."

"Ich verstehe. Erinnern Sie sich genau daran, wann das passiert ist?" Robbins verzog das Gesicht, als würde er nachdenken.

"Ich denke, es war Anfang letzten Novembers."

Bingo.

"Können Sie mir das Aussehen des Mannes beschreiben? War sie blond?"

Ich habe es in der Dämmerung und für kurze Zeit gesehen. Und er hatte einen Hut, also bin ich mir nicht so sicher, aber ich kann immer noch sagen, dass er rote Haare hatte, nicht blond." Pavlov zweifelte nicht mehr daran, dass er auf dem richtigen Weg war. Er hielt es nicht für notwendig, Robbins festzuhalten. Darüber hinaus handelte es sich nicht um eine offizielle Untersuchung, sodass es nicht in seinem Interesse lag, Aufmerksamkeit zu erregen.

"Wunderbar Cliff, du warst sehr hilfreich, danke. Ich brauche dich nicht länger festzuhalten. Aber ich werde dich um einen kleinen Gefallen bitten."

"Was kann ich für Sie tun, Major?"

Zwei Minuten später saß Pavlov mit Robbins' Telefon in der Hand grinsend in seinem Auto.

Pavlov dachte daran, einen Freund zu bitten, ihm beim Untersuchen des Telefons zu helfen, bevor er sich mit Blake und Selina traf. Das würde ihm ein paar Tage verschaffen. Er fand den Namen, den er im Adressbuch des Telefons suchte. Er rief an. Nachdem das Telefon lange geklingelt hatte, schaltete Boris es gerade ein, als er es ausschalten wollte.

"Hi. Wie geht es dir? Wenn du zu Hause bist, lasse ich dir etwas zum Überprüfen da. Ja, es ist schon lange her..."

PART-29

Nordpazifik,

Juli 1969

Als natürliche Konsequenz der Tatsache, dass die Schwerkraft des Mondes viel geringer war als die der Erde, war die Rückkehr von der Mondoberfläche zur Erde ein wesentlich müheloserer Prozess als umgekehrt.

Am 24. Juli 1969 tauchten Neil Armstrong, Michael Collins und Buzz Aldrin nahtlos im Pazifik ab, indem sie mit Fallschirmen innerhalb des Kommandomoduls, das höchstens die Größe eines Kleinwagens hatte, allmählich alles außer dem Mondmodul und dann das Kommandomodul in den Vakuum des Weltraums fallen ließen.

Die drei Astronauten wurden in ihren Ländern als nationale Helden begrüßt, und das Ereignis erregte weltweit große Aufmerksamkeit.

Als Standardverfahren wurden die Astronauten zur Sicherheit für einundzwanzig Tage in Quarantäne gehalten, falls sie mögliche Mikroorganismen trugen.

Dann kehrte das Leben für alle wieder in seinen gewohnten Gang zurück. Für fast alle.

PART-30

Internationales Institut für allgemeine Gesundheit und Genomanalyse, Washington DC, April 1989

Jeder, der ein bestimmtes Alter erreicht hat, erinnert sich an den Namen Dolly. Einige von Ihnen sind vage präsent, für einige ist der Vorfall in der Presse so lebhaft, als wäre er gestern berichtet worden. Was das bestimmt, ist natürlich das Ausmaß Ihrer Begeisterung für wissenschaftliche Entwicklungen.

Für die Gleichgültigen mag Dolly an eine Eismarke erinnern oder eher an eine für weibliche Verbraucher eingeführte Autoreihe.

Natürlich war Dolly nichts davon. Dolly das Schaf, geboren am 5. Juli 1996, war vielleicht das erste Tier, das durch den Prozess des Kerntransfers aus einer adulten somatischen Zelle geklont wurde. Dolly wurde am 5. Juli 1996 geboren und lebte sechs Jahre lang. Sie wurde von PPL Therapeutics, einem Biotechnologie-Institut in der Nähe von Edinburgh, geklont, von Ian Wilmut, Keith Campbell und mehreren anderen angesehenen Wissenschaftlern des Roslin-Instituts.

Wir, anständige freie Bürger, die die Schule abgeschlossen und ihre Steuern bezahlt hatten, glaubten natürlich das, genauso wie die anderen Nachrichten, die wir in der Zeitung lasen und im Fernsehen sahen. Für das Wohlergehen und den Fortschritt der modernen Gesellschaft, der Zivilisation und aller Völker der Welt, eine neue Errungenschaft der Wissenschaft...

Was sollte es sonst sein?

Anfang April 1989 begann an einem stürmischen und kalten Wintertag im unterirdischen Labor des Instituts für Genomanalyse unter der Aufsicht von Odd Maureen ein sechsköpfiges Team unter der Leitung von Dr. Nathan Coleman und Dr. Ron Kurt ein aufgeheiztes und äußerst aufregendes Projekt, einen kleinen mehr als ein Schaf zu klonen, über das niemals in der Presse berichtet werden würde. Vor zwei Wochen hatte Dr. Ron Kurt mithilfe eines elektrischen Schocks mit einer Probe von Stammzellen in einem der mysteriösen Röhrchen im Tresor, das aus London gebracht wurde, eine befruchtete Eizelle erzeugt.

Das Experiment mit den Stammzellen der "geheimnisvollen Person" war sieben Jahre vor Dolly dem Schaf erfolgreich, und ein Baby wurde geboren.

Ein geklonter Mensch...

Das gesamte Team, besonders Coleman, war in großer Aufregung. Hätte es nicht Odd Maureens tyrannische Durchsetzung gegeben, wäre dieses Experiment vielleicht als größte Errungenschaft der modernen Wissenschaft in die Geschichte eingegangen.

Allerdings war das Projekt, das nach dem wissenschaftlichen Methode durchgeführt wurde, dazu bestimmt, nicht-wissenschaftlichen Zwecken zu dienen. Maureen rief Coleman in den ihr zugewiesenen Raum. Mit ihrer Hand winkte sie Dr. Coleman, sich zu setzen. Mit ihrem Sieg schien Nathan Coleman, der die Unruhe vergessen hatte, die er im Vormonat gefühlt hatte, und die Fragezeichen in seinem Kopf schienen zu spüren, dass etwas nicht stimmte.

"Ich komme ohne Umschweife zur Sache, Nathan", sagte Odd. "Es gibt eine letzte Phase unseres Projekts, von der ich denke, dass ich sie dir nicht zuvor erzählen würde."

PART-31

Washington DC,

Januar 2022

Es wird gesagt, dass die drei Grundkomponenten der Kriegsstrategie Kraft, Raum und Zeit sind. Im Wesentlichen bestimmen diese drei Komponenten die Mobilität einer Armee. Die Seite, die mobiler und aktiver ist, wird zum Sieg gehen. Napoleon Bonaparte sagte:

"Angriff ist die Kunst, den Schwachpunkt des Feindes zu erkennen." Was er damit eigentlich sagen möchte, wenn auch in anderen Worten, ist eigentlich dasselbe. Die Seite, die ihren Schwachpunkt verteidigen muss, wird ihre Fähigkeit zum Handeln verlieren, da sie ihre Kräfte an einen bestimmten Punkt binden muss.

Die Situation ist im Schachspiel genau dieselbe. (Tatsächlich im Leben auch). Die kritischen Elemente sind Materie (Kraft), Feld und Zeit (Tempo). Die Gesamtwirkung dieser drei Komponenten bestimmt, wer das Spiel gewinnen wird.

Aber was ist, wenn Sie in Bezug auf alle drei Komponenten zurückliegen? Dann sei Gott Ihrer gnädig. Eine große Niederlage erwartet Sie... Aber theoretisch.

Als Simon Blake die Position auf dem Bildschirm seines Telefons betrachtete, dachte er mehr oder weniger an diese Dinge. Materiell war er einen Bauern im Rückstand. Die Figuren seines Gegners, deren zentrale Bauern die Mittellinie überschritten hatten, waren auch zweifellos aktiver und bedrohlicher. Blake stand kurz davor, einem direkten Königsangriff gegenüberzustehen.

Aber es gibt Nuancen, psychologische Elemente, einige Möglichkeiten und mögliche Fehler des überlegenen Konkurrenten, die immer übersehen werden. Das würde auch in diesem Spiel der Fall sein.

Der Gegner von Blake, der mit schwarzen Figuren spielte, musste wegen einer kleinen Fehlkalkulation seine Dame und seinen Läufer austauschen. Das Ergebnis war ein unklarer Turmendspiel. Der Gegner, der insgesamt einen Bauern mehr hatte, hatte einen Bauern weniger auf der Dame-Seite. Blake bildete zuerst einen Freibauern auf der Dame-Seite, gewann dann das Spiel, indem er von den nachlässigen Zügen und der nachlassenden Moral seines Gegners profitierte.

Gleichzeitig hörte er das Benachrichtigungsgeräusch auf seinem Telefon. Er las die Nachricht. Lass uns treffen, wenn es dir passt. Blake schrieb die Antwort, nachdem er ein paar Sekunden nachgedacht hatte. Bei mir zu Hause am Samstagnachmittag, ist das in Ordnung? Die Antwort ließ nicht lange auf sich warten. Ja. Blake schaute auf seine Uhr. Die Mittagspause war fast vorbei. Er starrte eine Weile nachdenklich aus dem Speisesaal, der als Luxus für Dozenten reserviert werden kann. Er war froh, dass er an diesem Nachmittag nur zwei Vorlesungen hatte.

Er öffnete seine Tasche und überprüfte die darin befindlichen Notizen. Er korrigierte es leicht. Er zog seine Jacke an, die er über die Rückenlehne seines Stuhls gehängt hatte. Er verließ den Speisesaal und begann, auf das Klassenzimmer zuzugehen, etwa fünfhundert Meter entfernt.

Am Samstag war Pavlov pünktlich um die vereinbarte Zeit an Blakes Tür.

Die beiden alten Freunde unterhielten sich eine Weile bei einem Kaffee. Pavlov machte nicht viel Aufhebens. Er fasste zusammen, was in den letzten Tagen passiert war. Blake war froh, dass sein Freund mit der Sprache herausrückte. Das Thema war noch interessanter als er erwartet hatte.

"Interessant. Um zusammenzufassen, verliert eine junge Frau ihren Mann, und der Vorfall wird als Herzinfarkt gemeldet. Aber die Behauptung der Frau ist, dass ihr Mann in Wirklichkeit ermordet wird. Der Vorfall wird entweder von der Polizei nicht ernst genommen oder bewusst vertuscht. Diese Leute, die ein eigenes Leben führen, sind Verwandte von Neil Armstrong, und irgendwie steht der Todesfall mit dieser Situation in Verbindung. Und du bist bereits ziemlich nah dran, den Verdächtigen zu schnappen." "Ja, das ist mehr oder weniger der Fall."

"Und das ist wieder eine inoffizielle Operation." "Nun ja..."

"Die Frau spricht auch von der Sintflut Noahs."

"Ja."

"Nachdem ihr Mann gestorben ist, sagt Selina Armstrong, dass der Mann ihr einen Hinweis hinterlassen hat, dass sie dich und mich kontaktieren soll, wenn sie auf eine unerwartete Situation stoßen."

"Genau."

"Und er spricht von einem Mann namens David. Die Frau denkt, dass David einen älteren Freund hat, der seit Jahren für sie arbeitet."

"Stimmt."

"Aber tatsächlich gibt Oberst Armstrong nicht konkret an, dass diese Person David Bruster ist."

"Tut er nicht."

"Außerdem spricht Selina Armstrong mit David Bruster, aber der Kerl sagt, er wisse nichts."

"Ganz genau."

"Ich verstehe. Anscheinend ist die Mordbehauptung der Frau wahr. Und du brauchst mich nicht, um den Mörder zu schnappen. Aber du denkst, es ist mehr für mich als für dich, herauszufinden, worum es geht, und Oberst Armstrong hat das aus irgendeinem Grund explizit festgestellt."

"Gutes Gespräch."

"Und diese Tätowierung in den Kamerabildern. Du denkst, das könnte etwas bedeuten."

"Es schien mir ziemlich interessant."

"In diesem Fall möchtest du, dass ich Selina Armstrong treffe."

"Natürlich dränge ich dich nicht."

Simon Blake dachte einige Sekunden nach.

"Warum nicht... Aber etwas sticht mir ins Auge. Dieser David. Was ist, wenn David nicht ein Mensch ist, den Armstrong gemeint hat?"

Am nächsten Tag stellte Pavlov Selina Simon vor. Die Vorstellung fand im Erdgeschoss des Queen's Book Store gegen Mittag am Sonntag statt. Nachdem sie ein wenig geplaudert hatten, fasste Pavlov Selina die neuesten Entwicklungen zusammen. Dann gingen sie nach oben in das Büro des Colonels.

Auch Bruster, von dem sie berichtet hatten, war da. Dieses Mal stellte Selina David Simon und Boris vor. Das Erste, was Simon Blake in der Umgebung auffiel, war die Dekoration von Colonel Armstrongs Zimmer. Ein schlichter Tisch, der in einem normalen Büro vorhanden sein sollte, ein Drehstuhl, zwei weitere Stühle vor dem Tisch, um die ankommenden Gäste unterzubringen. Ein Computer mittlerer Qualität auf einem Schreibtisch. An der Seite befindet sich ein großer Schrank und ein an der Wand befestigtes Bücherregal. Gleich nebenan steht eine Kaffeemaschine. Kleiderständer. Soweit, so gut. Aber abgesehen davon war das Zimmer wie ein Museum oder eine Kunstgalerie.

Modelle von Leonardo da Vincis Flugmaschinen, eine Miniatur-Nachbildung von Marcel Duchamps großem Glas, Darstellungen der berühmten Moai-Statuen von der Osterinsel, gerahmte Fotografien sumerischer und altägyptischer Tafeln, heilige Bücher verschiedener Religionen, Modelle und Fotografien von Stonehenge und Göbeklitepe, Kopien von Pieter Bruegels und Maurits Eschers Zeichnungen vom Turm zu Babel, und eine Miniatur-Nachbildung von Michelangelos berühmter Statue David in Florenz, ungefähr dreißig Zentimeter lang.

David. Frage David...

"Simon, geht es dir gut?"

Blake erholte sich.

"Mir geht's gut, Boris, ich habe mich nur umgesehen. Es war ein schönes Zimmer. Frau Armstrong, haben Sie hier nach dem Tod Ihres Mannes etwas verändert?"

„Wir haben keine wesentlichen Veränderungen vorgenommen. Wir haben nur die Kleinigkeiten gesammelt, die er für seine Routinearbeit benutzt hat."

„Ich verstehe."

Boris Pavlov meldete sich zu Wort.

"Selina, wenn es Ihnen nichts ausmacht, könnten Sie uns mit David allein lassen? David, wenn es auch für Sie in Ordnung ist?"

Beide nickten zustimmend. Selina verließ das Zimmer, schloss die Tür und ging nach unten. Als Boris Pavlov im Drehstuhl des Colonels am Schreibtisch saß und David Bruster sowie Simon Blake sich in die

Stühle vor dem Tisch setzten, begann Blake zu denken, dass Smalltalk eine zeitraubende Formalität war.

"Wissen Sie, warum wir hier sind, David?"

Der alte Mann wirkte nicht nervös.

"Es zählt, Major. Selina hat über einige Dinge gesprochen. Waren Sie eng mit Colonel Armstrong?"

"In gewisser Weise schon."

"Warum haben Sie diesen Ausdruck verwendet?"

"Aus zwei Gründen. Ich kenne ihn fast, seit er ein Kind war, und er hat außerhalb der Arbeit viel mit mir geteilt. Aber nicht alles."

„So?"

"Ich kannte ihn gut genug, um zu wissen, dass er einige Geheimnisse und Ängste hatte, die er niemandem erzählen konnte, aber nicht genug, um zu wissen, woher sie kamen."

Simon Blake hörte weiter dem Gespräch zwischen dem Major und dem alten Mann mit einem leichten Lächeln zu, während er weiterhin den ungewöhnlichen Raum von seinem Platz aus betrachtete.

"Ich verstehe. Selina glaubt, dass Colel ermordet wurde, was denken Sie darüber?"

"Ich befürchte, sie könnte recht haben. Wie gesagt, Colonel war ein Mann mit einigen Geheimnissen und Ängsten. Aber ich kann nichts Genaues sagen."

"Hat Ihnen Selina von dem Zettel erzählt, den sie nach dem Tod des Colonels gefunden hat?"

"Ja, Major. Das weiß ich. Und das hat mich überrascht. Ich habe viel darüber nachgedacht. Ich fürchte, ich bin nicht der 'David', den Sie suchen."

Blake unterbrach. Mit der Hand deutend sagte er: "Die Statuette. Wo hat Colonel Armstrong sie her?"

„Soweit ich weiß, ist es ein Familienerbstück von seinem Großvater."

"Ist es in Ordnung, wenn er ein paar Tage bei mir bleibt, David?"

Sowohl David als auch Boris sahen Simon Blake seltsam an. Der alte Mann zuckte mit den Schultern und sagte:

"Es ist in Ordnung für mich, aber wenn Sie möchten, fragen Sie Selina danach."

"Natürlich, David."

Blake machte eine vage Geste in Richtung von Boris Pavlov.

"Danke, David", sagte Pavlov. "Ich glaube nicht, dass wir dich noch länger aufhalten müssen."

Mit einem Lächeln streckte er dem alten Mann die Hand entgegen und schüttelte sie. Blake hob die David-Statue mit dem Finger hoch, als würde er um Zustimmung bitten, schüttelte David die Hand und bedankte sich. Als sie den alten Mann oben ließen, gingen sie nach unten.

Selina machte sich Kaffee. "Möchtest du einen Kaffee?"

"Nein, danke. Lassen wir uns nicht aufhalten."

"Wie war deine Rede?"

"Simon denkt, dass David die Wahrheit sagt. Ich stimme ihm zu."

Simon Blake nickte und zeigte auf die Statue in seiner Hand.

"Hast du etwas dagegen, wenn es ein paar Tage bei mir bleibt?"

"Nein, aber..."

"Ich möchte nur etwas überprüfen, das mir durch den Kopf geht. Ich erkläre es später, mach dir keine Sorgen."

"Nun, natürlich kann es bleiben, wenn du denkst, dass es notwendig ist."

Als die beiden Freunde die Tür verließen, sagte Pavlov:

"Wirst du mir erklären, was in deinem Kopf vorgeht? Was planst du mit dieser Statue zu tun?"

"Ich werde ihn nur verhören."

Im Jahr 1906, als der US-Schachmeister Harry Nelson Pillsbury im Alter von dreiunddreißig Jahren starb, behauptete eine Gruppe von Wissenschaftlern, dass Schachspielen seine geistige Gesundheit beeinträchtigt hatte. Einer derjenigen, die diese Behauptung aufstellten, war Dr. Emanuel Lasker, selbst der Schachweltmeister der damaligen Zeit. Pillsbury versuchte im Jahr zuvor, als er in Behandlung war, vom vierten Stockwerk des Krankenhauses zu springen, ehemalige Weltmeister Wilhelm Steinitz behauptete, mit Gott Schach gespielt und ihn besiegt zu haben, und Paul Morphy, eine weitere legendäre Figur, wanderte allein durch die Straßen und sprach mit sich selbst. Boris Pavlov fragte sich, ob dasselbe seinem Freund passiert war. "Ich weiß, was in deinem Kopf vorgeht, Mann. Nein, ich bin noch nicht ganz verrückt", sagte Blake lächelnd.

In diesem Moment klingelte Pavlovs Telefon. "Hallo. Haben Sie es gefunden? Ja, sehr gut. Ok. Ich komme sofort."

Als Pavlov auflegte, fragte Blake:

"War James der Anrufer?"

"Ja, Mann. Ich sollte besser ohne Zeitverschwendung gehen."

"Brauchst du mich?"

"Ich melde mich, wenn ich dich brauche."

"Also sind wir einverstanden. Bis bald."

Die beiden Freunde stiegen in ihre Fahrzeuge und fuhren in entgegengesetzte Richtungen.

Pavlov kam nach einer fünfundvierzigminütigen Fahrt im Haus von James "Jimmy" Perkins an. Ein paar Jahre zuvor hatte Pavlov Jimmy geholfen, freigesprochen zu werden, als er wegen eines Diebstahls, den er wahrscheinlich nicht begangen hatte, verurteilt werden sollte - zumindest dachte Pavlov wahrscheinlich, dass er es nicht getan hatte. Jimmy, der mit einem Talent für Kybernetik geboren wurde, hatte dann mehrmals seine Hacking-Fähigkeiten eingesetzt, um Pavlov und Blake zu helfen.

Als Pavlov begann, die Treppe zu Jimmy's Mietwohnung im Erdgeschoss hinunterzusteigen, hörte er vage Iron Maiden's "The Reincarnation of Benjamin Breeg" spielen. Jimmy ist zu Hause. Er musste mehrmals anklopfen und eine Weile warten, bevor die Tür geöffnet werden konnte. Schließlich öffnete sich die Tür, und ein großer, dürrer Mann erschien, der Ende dreißig aussah, mit dicken Brillen und langen Haaren im Pferdeschwanz. Jetzt kam der Geruch von Feuchtigkeit und Bier zum Klang der Musik hinzu.

"Hey großer Junge, ich habe auch auf dich gewartet. Komm rein. Wie geht es dir? Ist Blake nicht bei dir?"

"Hallo Jimmy. Mir geht es ziemlich gut. Nein, aber er wird wahrscheinlich gerade in seinem eigenen Zuhause einen anderen Aspekt der Angelegenheit studieren. Mal sehen, was du gefunden hast? Aber zuerst würdest du die Lautstärke dieser Musik leiser machen, damit ich hören kann, was du sagst..."

Sie gingen hinein, in das Arbeitszimmer, in dem auf einer großen Theke eine Gruppe von Computern verschiedener Größen und eine große Anzahl seltsam aussehender elektronischer Geräte standen, von denen Pavlov keine Ahnung hatte, was sie waren.

Jimmy Perkins zeigte Pavlov die Bierdose, die er mit seinem rechten Zeigefinger seiner linken Hand im Sinne von "Willst du?" hielt. Pavlov schüttelte den Kopf im Sinne von "Nein". Jimmy setzte sich in seinem Drehsessel am Kopf des großen Tisches. Pavlov stand. Der junge Mann deutete auf einen der Monitore auf ihm, von dem etwa die Hälfte funktionsfähig war.

"Siehst du das?"

"Ja."

"Hast du eine Ahnung, was passiert ist?" sagte er mit einem verschmitzten Lächeln. "Ich glaube, ich habe eine Vermutung."

Der Bildschirm, der als eine Art Radar fungierte, erkannte ein Objekt, das Signale in regelmäßigen Abständen über einem festen Punkt auf einer groß angelegten Karte abgab.

Jimmy fror den Bildschirm ein. Die Festplatte wurde später hinzugefügt, öffnete eines ihrer Laufwerke, die höchstwahrscheinlich erschien. Er öffnete es ebenfalls und entfernte das Gerät, das wie eine Miniaturfestplatte aussah. Er packte vorsichtig den mehrere Millimeter großen Chip, der daraus kam, mit einer Pinzette auf den Tisch und brachte ihn näher an Pavlov.

"Sie haben deinen Kerl mit diesem kleinen Spielzeug verfolgt", sagte er und zeigte mit seinen Augen auf Cliff Robbins' Telefon, das mit geöffnetem Rückendeckel auf dem Tresen lag.

"Und wenn ich mich nicht irre, sehen wir auf dem Bildschirm den Ort, an dem der Mörder jetzt ist", sagte Pavlov.

"Leider ist das Einzige, worauf wir uns an diesem Punkt sicher sein können, das Telefon, das der Mörder für diesen Job verwendet hat. Wenn er all die Zeit zu naiv war, um es loszuwerden, ist er anders."

"Du hast recht", sagte Pavlov nachdenklich. Gleichzeitig setzte er seine Untersuchung des Monitors fort. Es schien etwas Unlogisches an der Stelle zu geben, von der das Signal kam. Pavlov fragte Jimmy:

"Glaubst du nicht, dass mit dem Punkt des Telefons etwas nicht stimmt?" Jimmy Perkins kneifte einen Moment die Augen zusammen und starrte konzentriert auf den Bildschirm. Es war offensichtlich, dass er nicht sofort verstand, was Pavlov meinte. Und dann plötzlich sagte er:

"Ja, das ist wirklich interessant. Ich habe nie darauf geachtet", sagte er.

PART-32

Haus des NASA-Präsidenten,

18 August 1969

Nach seiner ausführlichen Rede unterzeichnete Neil Armstrong das Dossier, das einen detaillierten Bericht darüber enthielt, was sie zusammen auf der Mondoberfläche erlebt hatten, in einigen offiziellen Unterlagen und übergab es seinem Vorgesetzten.

"In Ordnung Neil, das war es vorerst. Wie geht es Ihnen?"

"Sie können verstehen, dass das, was ich und meine Teamkollegen gesehen haben, für mich schockierend war, Sir. Aber keine Sorge, uns geht es allen gut."

"Ich freue mich, das zu hören."

"Wenn ich fragen darf, was ist mit dem Rest des Prozesses, Sir?"

"Der Rest ist mehr Sache der Politiker und Wissenschaftler in dieser Angelegenheit, Neil. Ich bin nicht befugt, Ihnen zu viele Details zu geben, aber ich kann so viel sagen: Die Proben, die Sie von der Mondoberfläche mitbringen, werden bestimmten wissenschaftlichen Verfahren unterzogen. Leider ist es derzeit nicht möglich, dies sofort zu tun, da wir nicht über die notwendige technologische Infrastruktur verfügen. Hoffentlich werden wir das bald haben. Bis dahin werden die Proben in einer sicheren Umgebung gelagert und wir werden versuchen, jede mögliche neue Information zu erhalten, bis das Verfahren eingeleitet wird."

Armstrong, der dem Präsidenten aufmerksam zugehört hatte, dachte, dass er mir nicht misstraut.

"Ich verstehe, Sir."

Der Astronaut stand von seinem eleganten Sitz auf, salutierte dem Leiter der NASA und verließ leise den Raum. Der NASA-Administrator wartete einige Sekunden, um sicherzustellen, dass Armstrong die Tür geschlossen hatte. Dann hob er den Hörer des Telefons vor sich an.

"Gern geschehen, Sir."

"Ich möchte, dass Sie Neil Armstrongs jede Bewegung genau überwachen und es mir mitteilen. Behalten Sie den Mann im Auge."

"Natürlich, Sir..."

1 September 1969...

Neil Armstrong wachte im Schlafzimmer seines Hauses in Florida auf, bedeckt mit Blut und Schweiß. Er konnte sich nicht genau erinnern, was er gesehen hatte. Sein Verstand war durcheinander. Nach ein paar Sekunden erholte er sich. Er warf einen Blick auf seine Uhr.

04:18 Uhr...

Er konnte den traumatischen Einfluss der Reise nicht überwinden. Seit anderthalb Monaten hatte er Schwierigkeiten, nachts zu schlafen, wachte oft mit Albträumen auf, von denen er sich nicht erinnern konnte, was danach passierte. Bevor er aufstand, trank er ein Glas Wasser, das er zuvor auf den Nachttisch neben seinem Bett gestellt hatte. Er sah seine Frau leicht im Bett drehen. Sie war noch nicht aufgewacht. Das Wetter hatte noch nicht aufgehellt, und es war Sonntag. Außerdem hatte er, selbst wenn es nicht das Wochenende wäre, die Woche frei. Er beschloss, wieder einzuschlafen.

Als er wieder aufwachte, war es fast elf Uhr. Das Bett war leer. Ohne viel Zeit zu verschwenden, duschte er, rasierte sich, zog sich an und ging nach unten. Ein schwacher Geruch von Toastbrot stieg ihm in die Nase.

"Guten Morgen, Liebling, geht es dir gut?"

"Ja, mir geht es gut."

"Hast du gut geschlafen?" Der erfahrene Astronaut beantwortete die Frage seiner Frau mit einer Lüge:

"Ja, Liebling, ich habe wunderbar geschlafen", und versuchte, sie zum Lächeln zu zwingen. Dann küsste er seine Frau auf die Wange. Wie viel von dem, was er erlebt und gedacht hatte, war real? Zeugen mit Buzz Aldrin und Michael Collins... Die Haltungen und Aussagen des NASA-Chefs...

Seit einem Monat denkt er oft darüber nach, sich mit zwei Freunden hinzusetzen und gemütlich zu plaudern, seine Hand greift zum Telefon, aber im letzten Moment kommt etwas dazwischen, er stellt den Hörer wieder an seinen Platz. Von Aldrin und Collins kam auch kein Laut. Vielleicht lebten sie auch das Erlebte durch. Seit seiner Rückkehr gab es das Gefühl, dass etwas mit ihm nicht stimmte. Er konnte nicht darüber hinwegkommen. Er hatte Angst, dass etwas passieren würde.

"Es reicht, Neil, es war eine normale Aufgabe, und du hast deine Arbeit beendet und bist nach Hause gegangen. Reiß dich zusammen, du hast ein besseres Leben als jeder andere. Du bist der Glückliche", log er sich selbst vor.

"Liebling, kannst du den Fernseher einschalten, wir wollen uns die Nachrichten ansehen?" sagte er zu seiner Frau, die ihren Kaffee brachte.

Ein paar Sekunden später sagte die junge Moderatorin, die die Breaking News im Fernsehen präsentierte, dass das Unglück passiert sei. Michael Collins sei in einem tragischen Autounfall früh am Morgen gestorben.

Es wäre naiv zu glauben, dass die wahre Ursache von Collins' Tod ein Autounfall war. Neil Armstrong hatte keine Zeit zu verlieren, um die Details dieses Teils des Geschehens zu recherchieren. Ebenso wusste er, dass es keinen Weg gab, sich aus dieser Angelegenheit herauszuwinden. Zumindest nach den Nachrichten, die er heute Morgen gesehen hatte. Tatsächlich hatte er immer gedacht, dass, wenn seine Befürchtungen wahr wären, sie zuerst zu ihm kommen würden. Daher war er ein wenig überrascht, den Namen Collins zu hören. Machten sie das nur als Vorsichtsmaßnahme? Oder könnten sie von dem Gerät gewusst haben, das er heimlich vom Mond mitgebracht hatte? Soweit er wusste, hatten nicht einmal Aldrin und Collins bemerkt, dass er es tat. Es gab keine Möglichkeit, die Antwort sicher zu wissen, und es spielte keine Rolle.

Deshalb würden sie kommen. Er hatte nicht die Möglichkeit, optimistisch zu sein. Er musste einen Weg finden, das interessante seltsame Gerät zu sichern, bis sie ankamen. Gedanken wirbelten in seinem Kopf. Sein Herz schlug wie verrückt.

Er schaute sich um. Sein Blick wurde einmal von einer Miniaturstatue Davids getroffen, die ihm ein italienischer Freund geschenkt hatte. Eine Idee kam ihm in den Sinn. Eine kindische Idee.

Aber er hatte keine Zeit, sich eine bessere auszudenken. Er entschied, dass er es versuchen müsse.

Etwa eine halbe Stunde später eilte er aus dem Haus, um das Paket zu versenden.

Mit dem ersten Kurier, den er finden konnte, schickte Armstrong seinem Sohn Victor, der in Manhattan lebte, das Paket. Die Notiz auf dem Paket lautete: "Herzlichen Glückwunsch zum Geburtstag meines geliebten Enkels Colonel, ich küsse seine Augen. Frohes neues Jahr..." Er hoffte, dass Victor verstehen würde, dass es ein Problem gab, aber dass es für ihn unmöglich war, es ihm offen zu erklären. Ich hoffe, er hält mich nicht für verrückt oder denkt, ich mache einen Streich... Denn sein Sohn Victor Armstrong war noch nicht einmal verheiratet, und es dauerte mehr als fünf Jahre, bis sein Enkel geboren wurde.

Neil Armstrong kehrte teilweise erleichtert nach Hause zurück. Es gab eine Eigenart. Die Lautstärke des Fernsehers war zu laut, und die äußere Tür stand offen. Wenn er nicht gewusst hätte, dass seine Frau zu Hause war, wäre er sofort weggegangen. Er schlich sich leise herein.

"Hallo Neil, hast du uns vermisst?"

Dies waren die letzten Worte, die der Astronaut in dieser Welt hörte.

In den Abendnachrichten würde die Öffentlichkeit erfahren, dass das Unglück die Besatzung, die zum Mond gereist war, nicht verlassen hatte, und dass Neil Armstrong nach Michael Collins, der am Vortag bei einem Autounfall ums Leben gekommen war, dieses Mal sein Leben verloren hatte. Gemäß der offiziellen Erklärung konnte der erfahrene Astronaut der Depression, die durch die Raumfahrt verursacht wurde, nicht entkommen und schoss erst seine Frau mit einer Pistole nieder und beging dann Selbstmord.

PART-33
Occaquan City,
Januar 2022

Als Simon Blake in seinem Haus ankam, ging er als Erstes in die Küche, um sich Kaffee zu machen. Er trank ein großes Glas Wasser. Er nippte an seinem Kaffee. Mit seinem Kaffee in der Hand ging er in die Halle.

Er starrte einen Moment lang nur auf die Statue, die er auf dem Couchtisch hinterlassen hatte. Sie sah wie eine ziemlich gelungene Kopie aus. Die Proportionen waren korrekt, die Details fein gearbeitet. Er hob sie auf. Er strich mit seiner anderen Hand über die Statue. Es war kein Souvenir aus billigem Material durch Formen. Sie war handgeschnitzt. Aber abgesehen davon gab es keine herausragenden Merkmale oder ungewöhnlichen Umstände. Zumindest auf den ersten Blick. Der exzentrische Enkel des berühmten Astronauten ist das Opfer eines Mordes, laut der Aussage seiner Frau. Ihr Ehemann weiß im Voraus, dass so etwas passieren kann. Deshalb hinterlässt er eine Notiz mit meinem Namen und dem Namen von Boris. Der Mord wird irgendwie von einem Ersatz für den von Armstrong gerufenen Taxifahrer begangen. Die Polizei übergeht den Vorfall. Boris verfolgt den Mann aus den Kameraaufnahmen. Es handelt sich um einen Mann mit großem Interesse an den Themen der Sintflut Noahs und der Mondreise sowie an historischen Manuskripten und Kunstwerken. Der Grund für den Mord ist wahrscheinlich, dass jemand nicht wollte, dass bestimmte Informationen ans Licht kommen. Gemäß Colonel Armstrong bin ich es, der sie aufdecken soll. Blake nahm einen weiteren Schluck von seinem Kaffee. Bevor er mit dem Studium der Statue fortfahren konnte, hatte er noch eine andere Aufgabe zu erledigen.

PART-34

Pavlov verabschiedete sich schnell von Jimmy und sprang in sein Auto, fuhr los. Der Ort, auf den der Monitor hinwies, war offensichtlich.

Wenatchee National Forest...

Als Pavlov den Wald in Seattle erreichte, war es bereits dunkel und ziemlich kalt. Etwas stimmte mit dem Signalpunkt nicht überein, der auf Jimmy Perkins' Bildschirm erschien. Logischerweise gab es zwei grundlegende Möglichkeiten; Der rothaarige Mann auf den Kameraaufnahmen könnte sein Handy immer noch benutzen und es daher bei sich haben – was aus zwei Gründen sehr unwahrscheinlich war – erstens wäre es sehr ungeschickt, das für so eine Angelegenheit verwendete Handy nicht loszuwerden, und zweitens, selbst wenn der Mann sein Handy immer noch benutzte, waren seit der Unterbrechung des Signals durch Perkins Stunden vergangen, und der Punkt, von dem das Signal kam, war stabil. Es war nicht normal, dass sich der Mann nie bewegt hatte. Die andere Möglichkeit besteht darin, dass der Mann das Handy bereits Monate zuvor losgeworden war. Diese Möglichkeit war viel plausibler, aber diesmal dachte Pavlov nicht daran, dass ein so merkwürdiger Ort dazu gewählt werden sollte. Boris Pavlov betrat den Wald mit seinem Fahrzeug und folgte den Anweisungen von Google Earth auf seinem Smartphone, wo er den Signalpunkt fixiert hatte. Vielleicht hätte ich nicht alleine hierherkommen sollen.

Als er zum ersten Mal in den Wald eintrat, verschwand der breite Weg, auf dem ein Fahrzeug fahren konnte, nach einigen Kilometern, und ein paar Leute, die zum Spazieren oder Laufen herausgegangen waren, wurden durch völlige Verlassenheit ersetzt. Pavlov stieg aus seinem Auto aus, sein Smartphone in der Hand. Sein Smartphone wies ihm an, weitere fünfhundert Meter zu gehen. Er erreichte die Rückbank seines Fahrzeugs und nahm seinen Mantel. Er zog ihn eilig an. Er schloss seinen Kragen.

Er holte seine Pistole aus dem Holster, nahm sie in seine rechte Hand und steckte sie in die Tasche seines Mantels. Er begann ruhig und vorsichtig zu gehen. Er zitterte leicht. Es war wirklich kalt. Der moderate Wind ließ die dichten Alaçam-Bäume pfeifen. Es gab keinen Hinweis darauf, dass jemand außer Pavlov auf der Erde lebte. Oder jemand, der ihnen das Leben retten würde, wenn nötig...

Dann, plötzlich, spürte Boris Pavlov den Atem von jemandem – oder etwas – an seinem Nacken. Er hatte niemanden gehört, der sich näherte. Reflexartig zog er seine Pistole heraus und warf sich nach hinten, drehte sich so schnell wie möglich um.

PART-35

Occaquan City,

Januar 2022

Simon Blake steckte den USB-Stick, den ihm Pavlov mit den Kamerabildern des rothaarigen Mannes gegeben hatte, in seinen Computer. Er schaute sich das Filmmaterial aufmerksam vom Anfang bis zum Ende an. Dann nahm er es sich zu Herzen und schaute es erneut an. Er nahm einen weiteren Schluck von seinem Kaffee, der langsam abkühlte. Diesmal fror er das Bild ein, auf dem das Tattoo des Mannes zu sehen war. Er zoomte heran. Seine Augen blieben für eine Weile wie gebannt auf dem Bildschirm haften.

Die Auflösung der Kameraaufnahmen war niedrig, und die Bilder waren schwarz-weiß. Dennoch begannen sich in Blakes Kopf einige recht lebendige Verbindungen zu formen. Er stand vom Bildschirm auf, griff nach einem Buch aus seiner Bibliothek. Er fand ein kleines Notizbuch und zog einen Kugelschreiber aus seiner Jackentasche. Er fand die Seite im Buch, die er suchte, schrieb schnell etwas in sein Notizbuch und zeichnete einige Formen. Dann, mit einem leichten Lächeln, wandte er sich der Miniaturstatue von David zu. Jetzt sind wir allein...

PART-36

Wenatchee National Forest,

Januar 2022

Boris Pavlov holte tief Luft und stand vom Boden auf. Er steckte seine Beretta 96D Pistole in die Tasche. Er lächelte das Reh an, das etwa fünf Fuß vor ihm stand und ihn anstarrte. Geh weiter...

Er ging weiter. Nachdem er es so weit geschafft hatte, konnte er nicht ohne Überprüfung zurückgehen. Aber er war sich fast sicher, dass sie irgendwie einen technischen Fehler gemacht hatten und mit leeren Händen nach Hause kommen würden. Es gab nichts von Menschen Gemachtes in der Umgebung.

Ein paar Minuten später war er genau an der Stelle, an der das Signal sich ausgebreitet hatte.

Es gibt nichts außer Bäumen.

Mit dem Licht seines Handys durchsuchte er vorsichtig den Boden aus feuchter Erde, Büschen, Baumwurzeln und Wildblumen. Er setzte dies fort, indem er dieselben Stellen mehrmals überquerte und sich gelegentlich bückte und mit der Hand sondierte.

Es gibt keine Spuren. Aber mach noch ein wenig weiter. Ich kann noch nicht zurückgehen. Etwas fing Pavlovs Aufmerksamkeit vage. In einem Bereich von ungefähr einem Quadratmeter, der in einem Abstand von einem halben Meter von der Wurzel einer großen Kiefer begann, war der Erdboden fast vollständig kahl und so, als wäre er nicht so hart, wie er hätte sein sollen. Pavlov hielt inne und schnappte nach Luft. Für einige Sekunden starrte er auf diese Stelle, als wüsste er nicht genau, was er tun sollte. Er hatte keine Schaufel oder ähnliches Werkzeug dabei, das er zum Graben im Boden verwenden konnte. Wer weiß... Sagte er zu sich selbst, beugte sich zum Boden. Unterstützt durch eine Hand begann er mit der anderen in den Boden zu graben. Nachdem er so mehr als fünfzehn Minuten lang weitergemacht hatte, begann er damit, mit beiden Händen in den Boden zu graben. Es ging eine Weile so weiter. Als er kurz davor war aufzugeben, spürte er etwas Seltsames seine Hand berühren. Als erste Reaktion erschrak er und zog sich zurück, unfähig zu verstehen, was es war, das er nicht richtig sehen konnte. Dann näherte er sich vorsichtiger, konzentrierte sich auf diesen Punkt. Was auch immer dieses Ding war, es war offensichtlich keine Handy oder kein anderes technisches Gerät.

Um das Objekt nicht zu beschädigen, reinigte er vorsichtig den Boden darum und versuchte, es sichtbar genug zu machen, damit er verstehen konnte, was vor sich ging. Es dauerte nicht lange, bis er erkannte, um was für ein mysteriöses Objekt es sich handelte. Gleichzeitig überkam ihn reflexartig ein Brechreiz, alles, was er an diesem Tag gegessen hatte. Auch wenn er jahrelang Polizist gewesen war, konnte er sich an manches nicht gewöhnen. Der mutmaßliche Mörder hatte nicht das Handy des rothaarigen Mannes gefunden, sondern ihn selbst. Zumindest das, was von ihm übrig ist...

PART-37

Occaquan City,

Januar 2022

Ursprünglich von Michelangelo Buonarroti zwischen 1501 und 1504 geschaffen, gilt die Statue von David als eines der Meisterwerke der Renaissanceskulptur und als eine der beiden besten Skulpturen von Michelangelo. Die über fünf Meter lange Skulptur wird seit 1873 in der Galleria dell'Academia ausgestellt. Die Statue repräsentiert den Moment, als David beschloss, Goliath anzugreifen. Michelangelo verwendete Carrara-Marmor für den Bau der Statue. Heutzutage ist die Statue von David Teil der Populärkultur. Es wird gemunkelt, dass Michelangelo, nachdem er David fertiggestellt hatte, ihn so realistisch fand, dass er seinen Hammer nach ihm warf und ausrief:

"Verdammt, wenn du mit mir sprichst!"

Simon Blake untersuchte die Miniaturstatue, die er in der Hand hielt, lange, drehte sie um, brachte sie näher an sein Gesicht und entfernte sie wieder. Im Gegensatz zum Original, das aus Marmor geschnitzt wurde, bestand sie aus Sepiolith (Meerschaum). Du hast nicht mit Michelangelo gesprochen. Vielleicht wirst du mit mir sprechen. Dann verließ Blake den Raum und ließ die Miniaturstatue, etwa 30 cm lang, auf seinem Schreibtisch zurück. Ein paar Minuten später kehrte er mit einer Lupe und Bildhauermessern zurück, die er kurz als Student verwendet hatte. Diesmal begann er, David durch die

Lupe und viel genauer zu untersuchen. Nach einer Weile bemerkte er, dass die Statue einen Schnitt hatte, der den gesamten Teil der Statue bedeckte, der sein Becken mit dem Oberschenkelknochen seines linken Beins verband. Da es an verschiedenen Stellen der gesamten Statue Risse und Markierungen gab, fiel diese Situation nicht auf.

Er wählte eines seiner Messer aus und begann damit, das linke Bein von David vom Rumpf zu trennen.

Als er etwa eine Stunde später fertig war, stellte sich heraus, dass über dem Knie des Beins ein zylindrisches Glasrohr von fünf Zentimetern Länge und einem Zentimeter Durchmesser angebracht war. Im Inneren der Röhre befand sich eine Papierrolle und ein Miniaturtechnologiegerät, dessen Verwendungszweck Blake vorerst nicht erraten konnte.

Bingo.

Danke, David...

PART-38

Wanetchee National Forest,

Januar 2022

Boris Pavlov, der sich in gewissem Maße von seiner Überraschung und Übelkeit erholt hatte, betrachtete den verrottenden Schädel des Mörders, den er auf mindestens einen Monat hier begraben vermutete.

Das hatte er nicht erwartet.

Er versuchte, seinen Kopf zu sammeln, um zu entscheiden, was er tun sollte. Er konnte den Körper nicht hier lassen. Er konnte ihn nicht mitnehmen. Es lag nicht in seinem Interesse, dass der Vorfall von seinen Kollegen erfahren und in der Presse wiedergegeben wurde. Er stand einfach eine Weile da und wartete. Schließlich entschied er, dass das Melden der Situation an die Polizei das Vernünftigste war, was er tun konnte.

PART-39

Occaquan City,
Januar 2022

Simon Blake öffnete den Deckel der kleinen Glasröhre, zog den Zettel heraus. Vor ziemlich langer Zeit begann er, eine ordentlich mit einem Füllfederhalter geschriebene Notiz zu lesen.

"(…) Ein paar Monate vor der Apollo-1-Katastrophe am 27. Januar 1967 begann ich mich ernsthaft unwohl zu fühlen. Zu dieser Zeit trafen sich meine engen Freunde Virgil Grissom und John Young und ich oft und führten so lange Gespräche wie möglich. Alle drei von uns dachten, dass es hinter der bekannten Raumfahrt etwas anderes gab als den Kalten Krieg zwischen den USA und der UdSSR, der von den Mainstream-Medien oder der Neugier auf wissenschaftliche Forschung gepusht wurde. Wir hatten gute Gründe dafür. Das Problem reicht mehrere Jahre vor dem Unfall zurück; meine und Virgils gemeinsame Meinung war, dass es Ende 1964 oder Anfang 1965 war, und nach Johns Beobachtungen einige Monate vor dem 22. November 1963, als J.F. Kennedy ermordet wurde. Zu dieser Zeit begannen zwei Menschen mit extrem ungewöhnlichem und bemerkenswertem Aussehen und Verhalten - doch beunruhigend - häufig im Weißen Haus und bei der NASA aufzutauchen. Einer der beiden war eine Frau und der andere ein Mann. Beide waren in ihren Vierzigern. Der Mann trug immer pechschwarz und hatte blondes Haar, das fast weiß war bis zum Punkt des Lichts. Er sprach wahrscheinlich kein Englisch, oder selbst wenn er es tat, sprach er es nicht. Stattdessen verwendete er normalerweise Deutsch und selten Russisch. Was wirklich interessant war, war die Frau. Er hatte eine extrem gepflegte Figur und ein beeindruckendes Gesicht. Die Kleidung, die er trug, passte zu keinem der Stile, die wir heute oder in der Vergangenheit gewohnt sind, zumindest soweit ich weiß. Das blonde Haar der Frau war so lang, dass es fast den Boden berührte. Niemand hatte beobachtet, dass die Frau direkt mit jemandem kommunizierte. Er würde mit seinem Partner in einer Sprache sprechen, die keiner von uns verstand, der Mann würde die Ausdrücke der Frau ins Deutsche übersetzen, und er würde die Aussagen

von Beamten des Weißen Hauses oder der NASA in der seltsamen Sprache zitieren, die nur die beiden kannten. Niemand wusste, welchem Land die beiden Bürger waren. Niemand wusste, wohin sie nach Amerika kamen, wo sie sich während ihrer Zeit in Amerika aufhielten, ihre Namen, zu welchem Zweck und wie lange. Sie gingen ein und aus dem Weißen Haus, wenn sie wollten, sprachen mit dem Präsidenten ohne Angebot. Virgils Bedenken wuchsen, als der Starttermin von Apollo 1 näher rückte. In einem unserer üblichen Gespräche sagte er mir, dass er vermutete, dass jemand Informationen nach außen durchsickerte. Seiner Meinung nach verliefen die technischen Vorbereitungen nicht so, wie sie sollten. Ich weiß nicht, ob er sich auf diese Frau und ihren Freund in dem Science-Fiction-Film bezog, den ich oben erwähnte, oder auf wen er mit dem „draußen" hindeutete. Am Ende passierte, was passierte. Am 27. Januar 1967 tötete ein Feuer im Kommandomodul von Apollo-1 Virgil und seine Freunde. Obwohl ich es nie beweisen werde können, bin ich sicher, dass die Explosion irgendwie mit diesen beiden seltsamen Charakteren verbunden ist. Die Erholung der NASA von dem Unfall dauerte kürzer, als ich erwartet hatte. Die gleiche Mission würde anderthalb Jahre später als Apollo-11 wiederbelebt, und ich war der Leiter des neuen Teams. Ich hatte gemischte Gefühle dabei. Ich war begierig darauf herauszufinden, wer hinter dem stand, was Virgil passiert war, und was der eigentliche Zweck war.

Dies wurde von einer Art wissenschaftlicher Neugier oder dem Ehrgeiz, zu erforschen, begleitet. Aber ich hatte auch Sorge um mein Leben. Was mich wirklich verwirrte, war das Gespräch, das ich kurz vor dem Flug mit dem Präsidenten der NASA in seinem Haus hatte. Der Präsident sagte mir, dass er konkrete Gründe habe zu glauben, dass der Mond möglicherweise schon einmal besucht worden sei. Zuerst dachte ich, es sei nicht ernst, aber die Situation war anders. Ich versuchte, dem Präsidenten das Wort zu entlocken, in der Hoffnung, herauszufinden, wie er zu dieser Information gekommen war, aber er sagte klar, dass er nicht autorisiert sei, die Quelle preiszugeben. (Natürlich war es für mich nicht schwer zu erraten, wer diese Quelle war.) Abgesehen davon, was ich wusste, war der beabsichtigte Landepunkt von Apollo 11 anders als der, der in den offiziellen Unterlagen aufgezeichnet werden würde, dass eine gefälschte Simulation der Raumfahrt in einer Studio-Umgebung gedreht werden würde, damit der Vorfall bei Bedarf vertuscht werden könnte, und dass wir den Mund halten müssten. Nach den Informationen, die der Präsident offensichtlich von derselben Quelle erhalten hatte, bestand die eigentliche Aufgabe unseres Teams darin, dieses Fahrzeug zu finden, das sich immer noch auf der Mondoberfläche befand. Mir wurde gesagt, dass in einem bestimmten Teil des Fahrzeugs aus irgendeinem Grund Proben einiger von Genetikern durchgeführter Arbeiten erhalten geblieben sein könnten, und ich wurde gebeten, sie zu finden und sicher zur Erde zurückzubringen.

Am 16. Juli 1969 fand der Start statt - zum Glück diesmal ohne Probleme. Am 20. Juli erreichten wir unser Ziel ohne technische Probleme.

Was Aldrin und ich zusammen sahen, war wirklich atemberaubend. Es besteht kein Zweifel, dass der Präsident ernsthaft ist, was er sagt, ich habe jedoch nie geglaubt, dass es wahr sein könnte. Aber jetzt stand es vor uns.

Es war klar, dass das kugelförmige Raumschiff nicht zur Zivilisation gehörte, die wir kennen. Da ich nicht in der Lage war, klar zu denken, konnte ich mir keine Vorstellung davon machen, wer es gemacht hatte und wie lange es dort gewesen war und zu welchem Zweck. Aldrin und ich näherten uns zu Fuß. Ein paar Meter entfernt öffnete sich die Tür des Schiffes spontan, und wir stiegen ein, ohne zu sprechen, als wären wir in Trance.

Es war nicht schwer für uns, zu finden, wonach wir suchten. Gemeinsam mit Aldrin bewegten wir allmählich einige der Proben, die wir gefunden hatten, zuerst in das Mondmodul und dann in das Kommandomodul. Das begrenzte Volumen des Kommandomoduls zwang uns leider dazu, einen erheblichen Teil von dem, was wir auf dem mysteriösen Raumschiff gefunden hatten, zurückzulassen.

In der Zwischenzeit passierte mir persönlich eine sehr interessante Begebenheit. Ich habe immer noch nicht genau herausgefunden, was das war. Als Aldrin und ich spät daran waren, die Fundstücke ins Mondmodul zu laden, betrat ich alleine das Raumschiff und ließ Aldrin im Mondmodul zurück. Kurz nachdem ich eingetreten war, wurde mir schlecht. Ich hatte einen kurzen Ohnmachtsanfall. Als ich das Bewusstsein verlor, hatte ich einen merkwürdigen Traum, den ich heute noch sehr deutlich erinnere.

Ein großer, langhaariger Mann mit weißem Bart und scharfem Blick kam auf mich zu. Er trug eine Uniform, die sich als militärisch herausstellte, wenn auch nicht im üblichen Stil. Er sagte mir, dass meine Mission noch nicht abgeschlossen sei, dass ich an Bord gelassen hatte, was ich mit auf die Erde nehmen sollte. Der Mann sprach eine Sprache, die ich noch nie zuvor gehört hatte, und dennoch verstand ich alles, was er sagte. Dann deutete er mit seiner Hand an und half mir, das zu finden, worüber er gesprochen hatte. Bald sagte er, dass das technologische Niveau der Welt bald den Punkt erreichen würde, an dem er das, was er kürzlich erwähnt hatte, verwenden würde, um alle Fakten zu enthüllen. Bis dieser Tag kam, musste ich dieses Ding zur Erde bringen und sicher lagern.

Mein Traum endet hier. Das erste, woran ich mich nach der Ohnmacht erinnere, ist, dass Aldrin versuchte, mich aufgeregt aufzuwecken, als ich bewusstlos auf dem Boden des riesigen Fahrzeugs lag. Ich erholte mich in kurzer Zeit, und wir setzten unsere Arbeit ohne nennenswerte Störungen fort.

Ich hatte keinen Zweifel daran, dass das, was ich sah, ein Traum war. Das änderte sich, als ich ein Miniaturtechnologie-Stück an mir fand, von dem ich nicht wusste, wofür es war. Ich bin mir ziemlich sicher, dass dieses seltsame Ding nicht vorher an mir war, und ich weiß nicht, wozu es dient, aber ich vermute, es handelt sich um eine Art Tonbandgerät. Ich hielt es für angebracht, es mit diesem Brief in das Glasröhrchen zu verstecken.

Ich habe es niemandem erwähnt, einschließlich Aldrin und Collins. Nach unserer Rückkehr zur Erde übergaben wir die Proben den NASA-Beamten und kehrten nach einer routinemäßigen Quarantänezeit zu unserem Alltag zurück. Meine Sorgen und meine Unentschlossenheit verließen mich jedoch nicht. Nach einer Weile erhielt ich die Nachricht vom Tod von Michael Collins. Das konnte kein Zufall sein. Nun wäre ich dran.

Ich denke und hoffe, dass all das irgendwie offenbart werden sollte."

Neil ARMSTRONG, 1969

Simon Blake staunte trotz der Ernsthaftigkeit der Situation über das kleine Gerät, das Neil Armstrong behauptete, vom Mond mitgebracht zu haben. Er glaubte, dass Jimmy Perkins, ein Computergenie, vielleicht die Fähigkeiten hatte, seine Geheimnisse zu entschlüsseln. Während er über die Möglichkeiten nachdachte, klingelte sein Telefon, und Boris Pavlov war am anderen Ende. Pavlov informierte Blake schnell über die Entdeckung im Wenatchee National Forest.

"Ich wollte mit dir sprechen, bevor ich es der Polizei melde. Wie geht es dir?" fragte Pavlov.

Blake fasste die Situation zusammen: "Wow! Was machen wir mit diesem Teil des Geschäfts?"

"Zuerst musst du eine überzeugende Ausrede für die Polizei finden, warum du im Wald unterwegs bist. Dann werden wir dieses Gerät zu unserem Computer-Genie-Freund, Jimmy, bringen und auf Ergebnisse hoffen. Wenn der Inhalt des Briefes wahr ist, haben wir es mit etwas zu tun, das von einer völlig anderen Technologie aus einer anderen Welt stammt. Ich bezweifle, dass selbst Jimmy etwas damit anfangen kann, aber wenn es funktioniert, erwartet uns eine echte Sensation. Während Jimmy daran arbeitet, informieren wir Selina über die Entwicklungen."

"Okay. Und was ist mit dem Tattoo, von dem ich gesprochen habe?" fragte Blake.

"Oh, das spielt keine Rolle."

Am nächsten Tag, während Blake seine Routine an der Universität wieder aufnahm, kümmerte sich Pavlov um die notwendigen Formalitäten. Als die Behörden die Leiche zur Untersuchung ausgruben, konstruierte Pavlov eine plausible Geschichte und behauptete, er habe den Mann zufällig beim Wandern über das Wochenende entdeckt.

Einen Tag später besuchten die Freunde Jimmy Perkins und später Selina Armstrong. Perkins blieb vage über den 'alien' Mikrochip und ließ die Freunde in Spannung zurück. Selina konnte bei den düsteren Details ihre Tränen nicht zurückhalten.

Nach einer ereignislosen Woche rief Jimmy Perkins Pavlov an. "Hallo, Jimmy. Wie geht es dir? Was ist mit der Situation; sollen wir die Hoffnung in dich aufgeben?"

Perkins antwortete kryptisch: "Ich weiß nichts über diesen Ort, großer Junge. Ich habe angerufen, um etwas zu fragen. Wann wart ihr zuletzt mit Blake im Kino?"

"Kino? Was bedeutet das jetzt?"

"Sie machen in letzter Zeit keine guten Filme mehr, oder? Aber wenn ihr morgen zu mir kommt, kann ich euch den besten Film zeigen, den ihr je gesehen habt."

"Aber..." Bevor Pavlov fertig sprechen konnte, legte Perkins auf und ließ Pavlov lächelnd zurück.

PART-40

Internationales Institut für Allgemeine Gesundheit und Genomanalyse,

Washington DC, April 1989

"Bioakzelerator? Haben Sie den Verstand verloren?"

Anstatt zu antworten, begnügte sich Maureen mit einem frechen Grinsen.

Das Gespräch zwischen Coleman und Maureen war hitzig. Es waren nur wenige Sekunden vergangen, seit Odd Maureen Dr. Nathan Coleman gesagt hatte, dass das geklonte Baby in den Bioakzelerator gesteckt werden sollte, der sich noch im experimentellen Stadium befand, aber der Gedanke reichte aus, um Coleman den Verstand zu verlieren. Der Bioakzelerator war ein wissenschaftlicher Prozess, der darauf abzielte, die biologischen Entwicklungsprozesse natürlicher oder genetisch modifizierter organischer Strukturen aus verschiedenen Gründen zu beschleunigen. Das Projekt basierte auf der Annahme, dass, wenn das Subjekt einer Umgebung ausgesetzt wurde, die die Außenwelt in einer bestimmten beschleunigten Weise simuliert, während gleichzeitig anabole Hormone, Antibiotika, Rezeptorstimulanzien und Neuroleptika in der geeigneten Umgebung verabreicht wurden, die Rate der biologischen Entwicklung und des Wachstums erheblich zunehmen würde.

"Ich kann das nicht zulassen. Das ist verrückt... Es ist unklar, ob der Bioakzelerator selbst auf normalen Organismen gesunde Ergebnisse liefert. Das wissen Sie so gut wie ich!" Coleman wurde rot vor Wut und ballte die Fäuste. Maureen zeigte keinerlei emotionale Anzeichen. Mit roboterhafter Stimme und einem vagen Lächeln sagte sie: "Coleman, das ist ein Befehl."

Gleichzeitig spürte er einen Schlag auf seine Nase und dann auf seinen Magen. Coleman, ein Wissenschaftler, der sich sein Leben lang vor körperlicher Aktivität und Gewalt gescheut hatte, verlor zum ersten Mal die Kontrolle und schlug jemanden.

"Odd... Ich..." Maureen lachte.

"Du schlägst wie ein Mädchen, Coleman. Deine Fäuste sind wie ein Witz. Wenn ich wollte, hätte ich dich leicht geblockt und dich teuer bezahlen lassen. Aber das habe ich nicht getan. Weißt du warum?" Coleman schaute ihn an, als wollte er sagen: "Warum?" "Weil du im Grunde völlig richtig handelst."

Als Nathan Coleman sich umdrehte und mit schnellen Schritten den Raum verließ, beobachtete Maureen ihn nachdenklich von hinten.

Mai 1989

Das erste geklonte menschliche Baby wird auf Betreiben von Odd Maureen trotz der Einwände von Dr. Nathan Coleman in den Bioakzelerator gesteckt. Am Ende der ersten zwanzig Tage entwickelte sich das Baby über die Erwartungen hinaus und erreichte das physische Erscheinungsbild einer Person von etwa anderthalb Jahren. Coleman und andere beschlossen, es zu bestimmten Tageszeiten aus seiner künstlichen Umgebung zu holen und nur teilweise den nächsten Teil des Experiments anzuwenden. Coleman begann zu denken, dass er vielleicht zu vorsichtig und voreingenommen war. Die Entwicklungen waren schlichtweg atemberaubend.

War es das?

Mai 1989

Ein Baby wurde 12 Stunden nach dem Herausnehmen aus dem Bioakzelerator und dem Überführen in die natürliche Umgebung krank. Sein Puls stieg, sein Fieber stieg. Er begann intermittierend zu atmen und zu schwitzen. Zuerst wurde sein Gesicht, dann sein ganzer Körper rot. Er verlor das Bewusstsein. Trotz aller Interventionen konnte das erste geklonte Menschenbaby nicht gerettet werden.

Es war offensichtlich, dass die Studien, die durchgeführt wurden, um herauszufinden, wo das Problem lag, in kurzer Zeit nicht zufriedenstellend sein würden. Vielleicht war es notwendig, das Problem nicht in der wissenschaftlichen Methode, sondern in den Schwächen der menschlichen Psychologie zu suchen.

Der Klonprozess unter Verwendung von Stammzellen, von denen Odd Maureen und sein Team glaubten, dass sie zu der Figur gehörten, die in den heiligen Büchern und alten historischen Quellen unter Namen wie Prophet Noah, Atra-Hasis, Utnapishtim usw. genannt wird, war gescheitert.

Das Projekt wurde auf unbestimmte Zeit verschoben. Nathan Coleman geht in den Ruhestand.

PART-41

Washington DC,

Februar 2022

Prof. Simon Blake, Major Boris Pavlov, Selina Dale Armstrong und David Bruster versammelten sich am nächsten Tag im Haus von James Perkins. Nach Jimmy wartete dort eine glorreiche Show auf sie. Pavlov zwinkerte Jimmy zu und sagte:

"Wie hast du das geschafft? Wir wissen, dass es dazu fähig ist, aber es scheint, als gebe es einen Mechanismus, der Tausende von Jahren zurückgeht. Du findest nicht zufällig einen Kopf bei uns, oder?" fragte er.

Jimmy sagte:

"Das Geheimnis des Berufs, großer Mann."

"Ich denke, ich habe dazu eine Meinung", mischte sich Blake ein.

"Wissen, wie einfallsreich unser junger Freund ist, aber ich denke, es ist theoretisch fast unmöglich, eine solche technologische Überlagerung zu erreichen. Trotzdem könnte es eine viel einfachere Erklärung für die Situation geben."

Alle im Raum sahen zu Blake. Der Professor fuhr fort.

"Wenn wir eines der technologischen Geräte haben können, die von der Zivilisation vor Tausenden von Jahren übrig geblieben sind, warum nicht mehr?"

Perkins zuckte mit den Schultern.

"Und was ist mit diesem Tattoo?"

Blake fand mehrere Screenshots, die er zuvor auf seinem Smartphone gespeichert hatte. Er begann, diese Bilder zu zeigen und zu erklären.

"Die Hauptfigur im Tattoo entsteht durch die Zeichnung einer Art Hybrid aus zwei bekannten mythologischen Figuren, dem Greif und dem Phönix. Der löwenköpfige, adlerflügelige Greif symbolisiert oft Sieg und Frieden. In der türkischen Mythologie lebt der Phönix auf dem Berg Kaf, in der griechischen Mythologie wird er nach dem Tod aus der Asche wiedergeboren, und im Taoismus symbolisiert er spirituelle Erleuchtung und Evolution."

"Das Dreieck könnte symbolisch auf den Glauben an die Dreifaltigkeit, die Gott-Mensch-Universum-Dreifaltigkeit, die ägyptischen Pyramiden, die Freimaurerei und die Legende von Hiram verweisen."

"Wenn ich aufhöre, wirst du bis morgen früh reden", mischte sich Perkins ein. "Ich mache die wichtigste Entdeckung aller Zeiten, und du schwätzst. Steht jetzt fest."

In seinem Zimmer, das auf allen Seiten voller technologischer Gegenstände war, begann er, seinen Gästen die dreidimensionalen Hologrammbilder zu zeigen, die Armstrong durch Entschlüsselung des mysteriösen Aufnahmesystems erhalten hatte, das er aus dem Weltraum mitgebracht hatte.

FINALE

Vor etwa siebzigtausend Jahren...

In der Region des Atlantischen Ozeans, die als Bermuda-Dreieck bekannt ist, wo mehr als 25 Flugzeuge und mehr als 50 Schiffe spurlos verschwunden sind, gab es einmal eine Gruppe von Inseln mit einer Gesamtfläche von etwa viertausend Quadratkilometern - eine Zeit, die in keiner schriftlichen Quelle erwähnt wird. Die Insel hatte keine Straßenverbindung mit dem, was heute als Amerika bekannt ist. Die Insel beherbergte eine Reihe von Militär- und wissenschaftlichen Einrichtungen, die nur für Fachleute in bestimmten Fachgebieten zugänglich waren.

Es scheint, dass die Menschheit nach Tausenden von Jahren des Chaos endlich eine Zivilisation etabliert hat, in der dauerhafter Frieden herrscht. Kunst und Wissenschaft wurden wie nie zuvor in der Geschichte gepriesen, und die Technologie beseitigte alle praktischen Schwierigkeiten. Die unersättlichen Ambitionen der Politiker wurden eingedämmt, und die Hassreden, die die Menschen polarisierten, verstummten. Das Justizsystem funktionierte so gesund, dass es kaum jemanden zum Opfer machte. Das Wirtschaftssystem war transparent und fair genug, um niemanden auszubeuten. Die Gesundheitsversorgung wurde relativ gleichmäßig für alle bereitgestellt. Niemand wurde wegen seiner Ethnizität, seiner Überzeugungen oder seiner Gedanken bestraft. Die Menschen internalisierten auch die Bedeutung des respektvollen Umgangs mit der Natur. Die Gewalt wurde minimiert.

Zumindest war das der Fall aus der Sicht eines Außenstehenden.

Die Insel war aus Sicherheitsgründen weitgehend von dem Festland isoliert. Von hier aus wurde die saubere Energie geliefert, die für die Beständigkeit des "idealen" Lebens auf dem Festland erforderlich war.

Dennoch konnte es immer zu unerwarteten Komplikationen im Funktionieren des Systems kommen. Die möglicherweise lästigen Konsequenzen einer solchen Situation mussten natürlich fern von der zivilisierten Welt gehalten werden, wofür die isolierte Lage der Insel einen fruchtbaren Boden bot. Letztendlich war die Etablierung einer Weltordnung keine einfache Aufgabe. Das konnte man nicht erreichen, indem man völlig unschuldig oder transparent war. Es war akzeptabel genug, einen gewissen Preis zu zahlen, wenn nötig, und einige Fakten vor der Welt zu verbergen.

Eine Gruppe von Menschen, die das Geschehen auf der Insel kontrollierte, dachte so. Aber nicht alle. Die abweichenden Stimmen kamen zuerst aus der Einheit, in der genetische Forschung betrieben wurde. Einige ältere Professoren erhoben ihre Stimmen und versuchten, andere vor der Gefahr zu warnen, wurden jedoch nicht ernst genommen. Als sie beharrten, wurden einige ihrer Projekte ausgesetzt und vorübergehend gestoppt. Die Wahrheit sollte für niemanden so wichtig sein. Dann schlossen sich ihnen drei Offiziere an, die das private Sicherheitsheer befehligten: Pieter, Jakob und Noah. Ihr Schicksal war nicht anders. Nachdem sich die Ereignisse beruhigt hatten, begann die Oppositionsgruppe, die verstand, dass sie öffentlich keine Ergebnisse erzielen würde, über die Einzelheiten des Protokolls nachzudenken, das im Falle eines Notfalls heimlich in Kraft gesetzt werden sollte. An diesem Tag wurde klar und zweifelsfrei, dass die Oppositionsgruppe mit ihren Bedenken völlig recht hatte. Innerhalb weniger Tage würde das "Paradies auf Erden" mit kaum einer Spur verschwinden.

Die Ursache der heftigen Erschütterungen wurde anfangs nicht verstanden. Zunächst dachte jeder, es sei ein gewöhnliches Erdbeben. Doch anstatt aufzuhören, wurden die Erschütterungen immer heftiger. Alle elektronischen Geräte fielen aus. Die Kommunikation brach ab. Die Insel versank im Dunkeln.

Das Verstecken in Bunkern half nicht. Angesichts der Schwere der Erschütterung waren alle im Voraus getroffenen Sicherheitsmaßnahmen machtlos. Die größte der Inselgruppe, bestehend aus drei natürlichen Teilen, das etwa dreitausend Quadratkilometer große Stück Land, das das Epizentrum der wissenschaftlichen Forschung bildete, wurde zunächst durch große Risse in zwei Teile gerissen, dann vom Meer verschluckt, das in sich zusammenbrach und riesige Wellen bildete. Die riesige Insel versank wie ein Boot.

Dann war das Land, in dem sich der Atomreaktor befand, an der Reihe. Die Umgebung, die nur wenige Minuten zuvor pechschwarz gewesen war, wurde diesmal von einem so starken Licht beleuchtet, dass es die Augen blendete. Das Licht der Explosion stieg kilometerweit in den Himmel und verwandelte sich in eine riesige

Kugel. Es bedeckte eine Fläche von Tausenden von Quadratkilometern. Nachdem es die Insel erneut verschluckt hatte, die bereits unter dem Einfluss der Erschütterung unter den Wassern begraben worden war, begann es, sich in nordwestlicher Richtung zu bewegen, ohne an Intensität zu verlieren. Nachdem es etwa ein Fünftel des Kontinents verschlungen hatte, den wir heute Amerika nennen, konnte es seine Ambitionen nicht befriedigen und setzte seinen Weg in die Region fort, wo sich heute der asiatische Kontinent befindet.

Als die massive nukleare Explosion, die etwa zehn Stunden dauerte, schließlich nachließ, waren bereits fast die Hälfte der Weltbevölkerung gestorben. Der Rest würde in weniger als einem Monat an den nuklearen Folgen und den indirekten Auswirkungen der Katastrophe sterben.

Nur eine Person ausgenommen. Noah wusste sofort, dass der Moment gekommen war, als die Erschütterungen begannen. Es war für ihn nicht schwer, sich vom Raumstützpunkt im Chaos zu schleichen. Obwohl die Erschütterungen seinen Fortschritt erheblich erschwerten, hatte er genug Zeit. Zumindest hoffte er das.

Er näherte sein rechtes Auge für einen Retina-Scan. Bestätigt. Die Tür des Raumschiffs öffnete sich lautlos. Er betrat das Schiff in Form einer Kugel mit einem Durchmesser von etwa 20 Metern. Er öffnete vorsichtig die geheimnisvolle Tasche, die er mitgebracht hatte. Das zuvor ausgewählte Muster entnahm er behutsam den DNA-Röhrchen. Er starrte es nur für wenige Sekunden an. Wenn wir uns nur irren würden...

Schnell platzierte er es im vorbereiteten Abschnitt des Schiffes. Dann holte er einige Stücke aus dem anderen Fach der Tasche, die heute an USB-Sticks erinnern. Er ging zum Steuerzentrum des Schiffes, öffnete das transparente Fach auf der unteren rechten Seite des Bedienfelds, steckte die Speicher ein, gab dann ein Passwort ein und schloss das Fach. Er holte tief Luft. Murmelnd etwas vor sich hin, startete er den Countdown zum Abschuss.

Die dreieckige Form auf der Stirn des gigantischen Wesens leuchtete nun heller als sie es in Hunderten von Jahren getan hatte. Die zylindrische Glaskammer, in der es gefangen war, begann zu brechen und konnte den Erschütterungen nicht standhalten. Ein paar Minuten später zerfiel sie vollständig, und die hellgrüne Flüssigkeit, die dazu diente, es unter Kontrolle zu halten, nicht am Leben zu erhalten, breitete sich schnell unter dem Einfluss des Drucks aus.

Er war endlich frei... Er breitete seine Arme aus und richtete seinen Kopf gen Himmel. Er stieß einen ohrenbetäubenden Triumphschrei aus. Ein Schrei, den kein Sterblicher je zuvor gehört hatte. Der Art, die nicht zu dieser Welt gehört...

Dann beruhigte er sich. Sein Herzschlag verlangsamte sich. Er schloss die Augen. Wie immer wartete er geduldig, bis er in seinem Geist alle Einzelheiten dessen vorhersagen konnte, was passieren würde. Dabei kümmerte er sich nicht um die Welt, die um ihn herum zusammenbrach.

Das war es, was er wollte.

Dann öffnete er plötzlich die Augen. Er wusste genau, was er tun musste.

Selbstbewusst rannte er in eine bestimmte Richtung, beschleunigte. Und er ließ sich ohne zu zögern den hunderte Meter hohen Abhang hinunter...

-ENDE-